VERLAG ANTJE
KUNSTMANN

DAS BUCH:

Auf einer Fahrt in die Tropen, kurz hinter den Azoren richtet die Besatzung eines Containerschiffs eine ungewöhnliche Bitte an die Kapitänin: Sie möchten hier, auf dem offenen Meer, schwimmen gehen. Das hat es noch nie gegeben. Zu ihrer eigenen Überraschung lässt die Kapitänin es zu. Sie bleibt allein auf dem Schiff, mit all den Zweifeln, ob sie das Richtige entschieden hat. Werden die Männer zurückkommen? Das Schiff wird immer langsamer, ein mysteriöser Nebel kommt auf. Wieso kann die Kapitänin auf einmal das Herz des Schiffes schlagen hören? Und warum drängt sich ausgerechnet jetzt ihr Vater in die Erinnerung, der einst selbst zur See fuhr und seit einer Überfahrt kein Wort mehr sprach?

DIE AUTORIN:
Mariette Navarro, geb. 1980, ist Schriftstellerin und Dramaturgin. In dem kleinen französischen Verlag Cheyne gibt sie eine Reihe poetischer Prosatexte mit heraus, darunter ihre eigenen, »Alors Carcasse« (2011, Robert Walser Preis 2012) und »Les Chemins contraires« (2016). Auf Deutsch erschien 2014 »Wir Wellen«. Zudem hat sie mehrere Stücke geschrieben. »Über die See« ist ihr erster Roman.

MARIETTE NAVARRO

ÜBER DIE SEE

Roman

Aus dem Französischen
von Sophie Beese

Verlag Antje Kunstmann

Es gibt drei Arten von Menschen:
die Lebenden, die Toten und die Seefahrer.

Tief in ihrem Inneren wissen sie bereits, zu welcher Kategorie sie gehören, das ist keine wirkliche Überraschung, keine wirkliche Erkenntnis. Egal, wo sie sich befinden, wissen sie, ob sie dorthin gehören oder nicht.

Es gibt die Lebenden, die emsig Dinge erschaffen,
und die Toten, die in den Gräbern ruhen.

Und es gibt die Seefahrer.

I

IN DIE VERTRAUTE GESTE, die Geste der Arbeit, die Tag für Tag wiederholte Geste hat sich eine Verzögerung eingeschlichen. Eine winzige Verzögerung, die es vorher nicht gab, eine Sekunde in der Schwebe. Und in dieser schwebenden, dieser verschwommenen Sekunde hat sich sofort das restliche Leben ausgebreitet, hat es sich bequem gemacht und seine Folgen nach sich gezogen.

Sie spürt es deutlich, denn die kleine Verzögerung hat sich auch in ihrem Körper einen Weg gebahnt, medizinisch kann sie es nicht belegen, sie könnte nicht einmal behaupten, dass es schwerwiegend ist, bedauerlich oder gefährlich, wenn das eigene Ich von einem leichten Luftzug durchstreift wird. Ein Windhauch, gegen den man die Muskeln ein wenig stärker anspannen muss.

Sie weiß nicht, ob die Schwäche schon vor der Entscheidung da gewesen ist, oder ob sich alles auf einmal ereignet hat, als sie am Ende einer Mahlzeit »Einverstanden« verkündet hat. Sie kann nicht sagen, ob der Wunsch nachzugeben von ihr selbst kam, oder ob jemand von der Mannschaft durch ein Wort oder einen Blick ihre nötige Distanziertheit durchbrochen hat. Es scheint ihr, als sei ihr Körper jetzt durchlässiger für die Meeresbrise.

Sie hört sich »Einverstanden« sagen mit einer Stimme, die nicht ganz ihre eigene ist, es ist nicht ihre Arbeitsstimme, ihre Kommandantinnenstimme. Es ist ein höherer, zittriger Ton. Als sie, die sehr auf diese Dinge achtet, das Wort ausspricht, stellt sie fest, dass es gar keine Zeit hatte, um aus dem Bauch zu kommen. Es ist direkt in der Kehle entstanden, für alle hörbar: »Einverstanden«. Jetzt, wo ihre Stimme das Wort ausgesprochen hat, muss sie es nur noch befolgen, denn sie ist es nicht gewöhnt, mit sich selbst uneins zu sein. Zwischen ihren Gedanken und ihren Aussagen hatte es bisher noch nie eine Abweichung gegeben.

Da sie gelassen und souverän ist, lässt sie diese Kleinmädchenstimme gewähren, die mitten beim Essen rausplatzt, sie räuspert sich und wiederholt mit ihrer Kommandantinnenstimme, mit ihrer ganzen Autorität: »Einverstanden«.

Der Lufthauch weht nicht nur in ihr. Seit ein paar Tagen schon hört sie Geflüster und unterdrücktes Gelächter. Die überschwängliche gute Laune einer Mannschaft, die sie gut zu kennen geglaubt und aufgrund ihrer Verlässlichkeit und erforderlichen Gewissenhaftigkeit angeheuert hatte, überrascht sie.

Wie bei jeder Reise hat sie auch vor dieser Einschiffung versucht, ein Gleichgewicht zwischen den Charakteren der mitreisenden Seeleute herzustellen. Eine chemisch exakte Dosierung, obwohl sie eher fürs Mechanische gemacht ist.

Bei jeder Abreise weiß sie, dass sie gewisse Risiken eingeht: die Unausgewogenheiten, die Gemüter, die sich nach wochenlangem Zusammenleben erhitzen, die unbemerkten Abneigungen, die melancholischen Trinker, die Fantasien, Schluss mit allem zu machen, die nicht enden wollenden Nächte und die Körper, die unter dem Gewicht der Einsamkeit zusammenbrechen. Doch die plötzliche Freundschaft, die heitere Vertrautheit, damit hat sie nicht gerechnet. Sie ist derart durcheinander, dass sie sich fragt, ob sie mitmachen soll. Daher ihr merkwürdiges Lächeln und ihre Stimme, die plötzlich eine Oktave höher ist.

Sie hat sich schließlich damit abgefunden, dass lauter gesprochen und mehr gelacht wird, dass sich die Blicke kreuzen und dass jedes Wort von einem anderen bestätigt wird. Sie hat sich versichert, wie sie es immer tut, dass das Gelächter gleichmäßig verteilt ist, dass niemand inmitten dieser Leichtigkeit leer ausgeht, dass niemand den Scherzen der anderen aufsitzt. Sie hat sich sogar dazu hinreißen lassen, eine Schulter zu streifen. Nach einigen Tagen hätte sie um ein Haar den einen oder anderen im Mondschein in den Arm genommen.

Sie ist seit vielen Jahren Kapitänin, seit drei Jahren auf diesem Schiff, immer mit einer neuen Mannschaft, und zwischen zwei Fahrten ein paar Monate an Land, dieses andere Leben, das sie sofort vergisst, kaum dass sie das Schiff betreten, kaum dass sie ihre Tasche in der Kabine abgestellt hat. Auf dieser Strecke ist die Überfahrt unkompliziert, vor allem zu dieser Jahreszeit. Die Abenteuer gehören in die Bücher, die sie als Studentin gelesen hat, in die Geschichten, die sie an den Abenden an Land ersinnt, wenn jemand sie dazu bewegen kann, etwas von sich zu erzählen. Die meisten Offiziere kennt sie seit der Ausbildung, sie verstehen sich fast ohne Worte.

Sie ist die Tochter eines Kapitäns, und ein Leben an Land stand nie zur Debatte, von klein auf hat sie zu viel über Schiffe gelernt, als dass sie sich vom Meer hätte lossagen können. So wie andere stolz auf ihre ferne Herkunft verweisen, ist sie mit dem Wasser verbunden. Es ist nie zu einem Bruch, zu einer Ablehnung gekommen. Sie hat sich für die Schifffahrt entschieden, diesen menschlichen Wissensschatz, für antikes Handwerkszeug und moderne Maschinen, Zahlen und Empfindungen, für kosmische Abstraktionen und die Sonne im Gesicht. Diese Erfahrungen haben sie reifer und komplexer werden lassen.

Sie hat die anderen – Männer, vor ihr – bei der Arbeit beobachtet, unter fordernden, manchmal herablassenden und misstrauischen Blicken hat sie alles gelernt, was man wissen muss, hat sich bewährt. Sie hat keine Etappe übersprungen, denn Privilegien sind ihr ebenso fremd wie alles, was der Einhaltung des vorgegebenen Prozederes entgegensteht. Sie hat festgestellt, dass die Arbeit sie besänftigt, dass das Schuften sie beruhigt. Mit Gewissenhaftigkeit und vollem Einsatz hat sie sich Autorität verschafft.

Bei ihrer ersten Überfahrt schlief sie kaum, war überall zugleich, wollte alles wissen, hätte beinahe die Aufgaben aller anderen übernommen. Man lächelte hinter ihrem Rücken, ihre Karriere, ihre Gesundheit würden das nicht lange verkraften. Die Lust auf einen Männerberuf würde ihr schon noch vergehen, sie würde für jemanden an Land bleiben, in einem Haus, in dem sie über die Dinge bestimmen könnte, über die Frauen eben bestimmen, denn ihre Arme seien für die langen Überfahrten nicht muskulös genug und ihre Hormone die falschen. Ein einziges Mal ballte sie die Fäuste, um sich zu prügeln. Sie hätte gewonnen, wenn die Situation nicht sofort entschärft worden wäre, wenn sich nicht eine Hand auf ihre Schulter gelegt hätte. Seitdem sie diejenige ist, die die Anweisungen gibt und über die Karriere der anderen entscheidet, sagt niemand mehr etwas, das Weibliche hat sich seinen Weg in die Köpfe gebahnt und ist wie der Beiname anderer berühmter Seeleute in die Geschichten eingegangen.

Mit der Zeit hat sie ihren Sinn für das Wetter ebenso geschärft wie für die Präzisionskartografie mit den kleinen Kreuzen, die alle zwanzig Minuten auf der großen

Karte des Büros eingezeichnet werden, um die Position des Schiffes zu markieren. Bei jeder Überfahrt kann sie so ganz selbstverständlich ihr Vorankommen Richtung Süden, Richtung Schönwetter beobachten, vorbei an den Tiefdruckgebieten, die sie nach Möglichkeit umschifft. Sie kennt das spiegelglatte Meer und die sanfte Umarmung der grün schäumenden Wellen.

Sie schaut sich gern die Karten an, prägt sie sich ein, beschriftet und sortiert sie. Sie kannte sie alle, bevor sie in See stach. Die Schönheit ihrer Farben. Manchmal wird sie der gewählten Route überdrüssig – zu rational zwischen zwei Punkten –, und es ergreift sie die Sehnsucht nach Langsamkeit. Dann erteilt sie der Maschine einen Befehl, verliert absichtlich eine Stunde oder zwei bis zum nächsten Landgang.

Seit einigen Jahren ist sie als Kapitänin gefragt. Man weiß, dass alles klar geregelt ist, dass die zwischenmenschliche Mechanik genauso reibungslos funktioniert wie der dröhnende Motor, dass man sich auf eine Überfahrt ohne Stürme einstellen kann. Man schätzt die Ruhe, die sie verbreitet, und ohne es sich einzugestehen ist man froh, unter ihrem Schutz zu stehen. Sie weiß kompakte Mannschaften zu schätzen, einen oder zwei treue Offiziere, nicht zu gesprächig. Wenn man sie fragt, mit wem sie reisen will, wählt sie die Bärbeißigen, die Schüchternen.

Sie ist seit einem Monat wieder auf See, vertritt einen Kollegen, der bald in Rente geht und froh ist, ihr die längsten Perioden überlassen zu können, Weihnachten und die Sommermonate, die Schulferien. Sie nimmt alle Aufträge an, holt den Frachter ab, egal wo er ist, übernimmt die Bestandsaufnahme, macht Verspätungen wett. Seit einiger Zeit hat sie das Gefühl, über Samt zu gleiten, in ihrem Beruf die Geschmeidigkeit einer perfekten Tanzchoreografie erreicht zu haben. Wenn sie die Augen schließt, wird der Frachter ihr eigener Körper, in sich ruhend und aufrecht. Darüber vergisst sie ganz die Wellen.

Ihre Kabine ist die geräumigste, mit einem großen Büro. Es ist auch die ruhigste, obwohl regelmäßig jemand vorbeischaut, um sie über eine Verspätung, eine neue Wetterwarnung oder einen Vorfall in der Mannschaft zu informieren.

Sie ist es gewohnt, auf alles eine Antwort zu haben. Eine passende Stimme für jede Sachlage. Eine Maske für jedes Ärgernis. Bei jeder neuen Überfahrt findet sie sich schnell wieder zurecht, stellt sich der Mannschaft vor und den Passagieren, wenn welche an Bord sind, erahnt Ängste und Erstüberquerungen, spürt, welche Verbündeten sie haben wird und welche Eifersüchteleien sie entschärfen muss.

Sie schüttelt niemandem die Hand. Sie berührt nur das Metall und den Stoff ihrer eigenen Kleidung, wenn sie die Arme vor der Brust verschränkt. Ihre Haare bindet sie kurz über dem Nacken zusammen, sie fallen lang und gerade bis zur Mitte des Rückens. Wenn sie sich bewegt, schwingen sie nicht hin und her, sind, von ihr gebändigt, eine weitere Linie unter den Linien ihres Körpers.

Sie schließt ihre Kabine nie ab, um bei der kleinsten Erschütterung, der kleinsten Warnung einsatzbereit zu sein. Sie schläft vollständig angezogen. Sie weiß um die schweren Atemzüge der Männer auf der anderen Seite der Wand. Sie schläft ohnehin nicht viel. Wenn sie sich ausruht, dann vor allem, weil es so vorgeschrieben ist. Oft erlaubt sie sich, auf ihrem Stuhl die Augen zu schließen und sich vom Stampfgeräusch einlullen zu lassen.

Den Großteil ihrer Zeit verbringt sie oben. Auf der Brücke. In dem für sie reservierten Sessel. Sie will mit eigenen Augen sehen, noch vor der beruhigenden Bestätigung der Anzeigen. Sie mag die intime Atmosphäre dieses Ortes, die Ruhe und Konzentration. Seit einigen Überfahrten steht ihr ein rumänischer Steuermann zur Seite. Er spricht nur Französisch, wenn er ihr die Messwerte durchgibt und für technische Begriffe, bei deren Aussprache er sich große Mühe gibt. Sie stellt ihm keine Fragen, beobachtet ihn lediglich, wenn sie nicht gerade den Horizont im Blick behalten muss. Er ist sehr jung. Wie die meisten Matrosen, die auf diesem Containerschiff angeheuert haben. Sie weiß nicht, was ihn aufs Meer getrieben hat, ihn und alle anderen, was ihn bewogen hat, einen so merkwürdigen Beruf zu ergreifen, der ihm derart fremd ist, dass er sich trotz all der Jahre immer noch übergeben muss, wenn das

Meer in Rage gerät; dass sein Blick, wenn er den Ozean betrachtet, manchmal plötzlich leer wird und Panik darin aufflackert. Vielleicht die Heuer, oder der Durst. Dabei ist sie es, die abends ein Glas Wein trinkt, immer zur gleichen Zeit. Am liebsten mag sie es, wenn genau in diesem Moment der Regen in Böen an die Scheibe klatscht. Dann löst sie ihre Haare, lässt ihre Kopfhaut atmen. Die Offiziere sind auch da, aber für einen kurzen Moment entspannt sie Schultern und Gesicht.

Als sich der erste Offizier nach vier Tagen auf offener See beim Abendessen zu ihr beugt und mit einem Freimut, der ihm sonst fremd ist, fragt, ob man nicht einfach mal die Motoren abschalten, die Rettungsboote zu Wasser lassen und eine Runde schwimmen gehen könne, sagt eine Stimme aus ihrem Mund ohne nachzudenken: »Einverstanden«. Und noch einmal: »Einverstanden«. Eine kurze Stille, natürlich, und dann ein lautes, ungläubiges Lachen.

II

ALS ERSTES zeichnen sie einen Kreis um sich herum. Einen großen Kreis, der alles umfasst, das Blau, seine schwarzen Tiefen und weißen Wellenkämme. Eingefasst nur vom Horizont, der nun rund ist.

Vom Schiff aus lassen sie ihren Blick im Kreis schweifen.

Sie hoffen auf Stille.

Ihre Blicke ruhen auf der Krümmung, die sie umfasst.

Sie hoffen auf Abstraktion. Sie verwandeln diesen blauen Kreis in einen festen Stoff, einen Untergrund für ihre ersten Schritte. Sie kneifen die Augen zusammen, halten die Illusion aufrecht, bis eine Welle anrollt, zusammenschlägt und alles wieder flüssig und tief werden lässt.

Sie zeichnen einen Kreis auf die Wasseroberfläche, als ob sie das Meer für Papier hielten und ihre Arme für den Zirkel aus Kindertagen. Sie denken nicht an das, was sich unter der Oberfläche verbirgt, sie streben nach der Perfektion des Kreises und ihres Eintauchens in seine Mitte. Sie stellen sich die konzentrischen Wellen vor, die ihre winzigen Menschenkörper auslösen werden. Sie glauben, dass man in einen Spiegel eintauchen kann, ohne von der Welle mitgerissen und auf die Seite der Welt gezogen zu werden, auf die kein Licht mehr vordringt.

Sie hoffen auf Stille und schalten die Motoren ab. Dabei haben sie nicht an das Spiel der Wellen, ihr Schlagen gegen den Bug und die Wucht des tosenden Windes gedacht, die ihr Recht einfordern, sobald die Maschinen schweigen. Alles Knarzen und Rauschen entstammt nunmehr mechanischen Kräften, Windböen, Wassermassen, dem vom Wellengang hin- und hergeworfenen Stahlkoloss und den Atemzügen der Männer als Antwort auf dieses mächtige Fauchen.

Als die Motoren zum Stillstand kommen, verlieren sie das mühsam gefundene Gleichgewicht, werden in ihrem Lernprozess zurückgeworfen, sind wieder blutige Anfänger, stoßen sich überall, kotzen sich die Seele aus dem Leib und sind dabei doch fast euphorisch.

Alle kommen zur verabredeten Zeit aus ihren Kabinen, halten sich an die Absprache, kein Einziger hat einen Rückzieher erwogen. Natürlich sind sie nicht völlig frei, schon gar nicht von Sorge. Angespannt halten sie nach der kleinsten Unregelmäßigkeit Ausschau, danach, ob sich das Schiff zur Seite neigt oder knirscht, vielleicht ein Leck hat. Unsicher, ob sie eine mögliche Gefahr überhaupt als solche erkennen würden. Ihrer Reflexe beraubt. Um sich zu beruhigen, erklären sie diesen ganz und gar ungewohnten Lärm zu Musik.

Sie haben keinen Beruf mehr, wenn das Schiff stillsteht, keinen abgesteckten Kurs. Sie sind ziemlich ahnungslos, wenn sie die Steuerinstrumente hinter sich lassen.

Ohne Schuhe verlieren sie auf dem Außengang ihre Trittsicherheit, aber genießen es, wie die Sonne auf sie niederbrennt.

So beginnen sie, ihre Empfindungen zu erkunden.

Sie fangen sich beim Ausrutschen und lachen über sich selbst, machen aus ihrem abhandengekommenen Gleichgewicht ein neues Spiel.

Auf dem schlingernden Schiff folgen sie einander wortlos, halten sich an der kühlen Reling fest, um sich zu beruhigen: ein bekanntes Gefühl. Sie lachen ein wenig über das Zittern, das sie alle gleichermaßen überkommt.

Über die Decks stolpern sie bis zu einem der Rettungsboote, ermessen ihre Unbedarftheit, streifen die Frage der Notwendigkeit und führen doch die vorgeschriebenen Handgriffe aus: die Leitern auseinanderrollen, sich an den Tauen festklammern, neue Muskeln in den angespannten Armen entdecken. Sich auf die Begegnung mit dem Meer vorbereiten.

Spähend beugen sie sich über den Rand, schätzen die paar Dutzend Meter ab, die sie vom Wasser trennen. Noch ist das Metall des Außengangs ein Stück Land, auf dem man trockenen Fußes laufen kann. Aus den Augenwinkeln vergewissern sie sich des ungetrübten Himmels, der türkisen Reflexe, atmen allmählich wieder ruhiger.

Das Passieren der Azoren war das Signal, der letzte Kontakt mit dem Festland. Sie warteten, bis sie von keiner Küste, von keinem vorbeifahrenden Handelsschiff aus mehr zu sehen waren. Dann stellten sie das Radar ab. Von hier würde nicht einmal ein Vogel die Kunde ihrer Anwesenheit überbringen können.

Sie setzen sich Seite an Seite in eines der Rettungsboote, wollen nun den Plan unbedingt umsetzen, jetzt, wo sie diese spiegelglatten Gewässer erreicht haben, die sie die letzten Abende auf der Brücke im Mondschein heraufbeschworen hatten. Sie sind überrascht von den Versprechen, die sie sich so leichtfertig gegeben haben, aber sie lassen sich bis zum Wasser hinunter, bis ihnen ein sanfter Aufprall bedeutet, dass sie angekommen sind. Wenige Zentimeter über der Wasseroberfläche müssen sie nur noch die Beine über Bord schwingen. Alles kann jetzt beginnen.

Abyssal plain. Sie erinnern sich an diese Angabe auf der Karte, diese Wortverbindung, poetisch und Angst einflößend zugleich, als sie sich vorstellten, wie sie in die schwärzesten Untiefen hinuntergezogen würden. Sie dachten an diejenigen, die dort tauchen und davon träumen, über den Meeresboden zu laufen, eine größere Errungenschaft, als auf dem Mond zu spazieren.

Ihre einzigen Erinnerungen stammen von Badeurlauben am Strand: vorsichtige Schritte in die auslaufenden Wellen, ein überwachter Ferienort, angemessene Badebekleidung, Benommenheit, das leichte Unwohlsein nach einem Nickerchen in der prallen Sonne. Oder vielleicht vom Fluss: Füße, die auf Kiesel stoßen, und das Gleichgewicht, das es trotz des schneidenden Schmerzes zu halten gilt.

Und nun beide Füße im Nichts und der restliche Körper hinterher.

Ganz oben, auf der Kommandobrücke, haben Fingerspitzen auf ein Fernglas getrommelt und wurde ein paar Mal tief eingeatmet. Kein Wort vorm Verlassen der Brücke, da jeder Laut aufgezeichnet wird. Die Position ist überprüft worden, und das Radar hat – bevor es ausgeschaltet wurde – bestätigt, dass sich kein Schiff dem Frachter näherte. Als das Schaukeln einsetzte, wurde eine Zigarette geraucht – ein Zeichen von Nervosität oder vielleicht ein Jubilieren.

Von der Brücke aus hat man die Vorwärtsbewegung gestoppt, das Schiff in der Mitte des Stoffkreises festgesteckt und die Tonnen von Metall in einen toten, genadelten, wunderschönen Schmetterling verwandelt.

Damit fangen sie also an. Mit dem Schwebezustand. Zum allerersten Mal tauchen sie beide Füße in den Ozean. Gleiten ins Wasser. Tausende Kilometer von irgendeinem Strand entfernt.

Niemand wird es je erfahren, aber jetzt werden sie geboren, von der Luft ins Wasser, freiwillig ausgestoßen aus ihrer vertikalen Lage und ihrem Alter. Eine Sekunde lang kehren sie die Ordnung der Dinge um, vielleicht fliegen irgendwo Vögel rückwärts, fließt ein Fluss plötzlich wieder zu seiner Quelle. So ahnen sie es alle zusammen und jeder in seiner Sprache.

Unter der perfekten Wölbung des Horizonts ist diese Geburt weitaus gelungener als die erste, in einem engen Krankenhauszimmer, vor zwanzig, dreißig, vierzig Jahren, irgendwo in Europa. Sie werden als Erwachsene geboren, aus freien Stücken, mit den Füßen zuerst, die Arme entlang des Körpers, und in der Kehle ein unterdrückter Gesang, ein aufkeimender Schrei.

III

SIE GLEITEN ins Wasser.

Erst die Fußspitzen, dann der ganze Körper, begleitet von einem stechenden Schmerz von der Kälte und dem Salz, das auf der Haut brennt. Der riesige Ozean lastet auf den Brustkörben, als ließe sich die gewaltige, stellenweise grau gefleckte See nicht einfach so durchdringen; das sieht man schon daran, wie sie seit der Abreise rigoros die Wassermassen hinter dem Frachter schließt, der doch alles daransetzt, sie zu teilen. Man zerreißt das Wasser nicht wie ein Stück Stoff, hinterlässt keinen Abdruck wie im Sand oder Schnee. Wer ins Wasser taucht, ist zur Unsichtbarkeit verdammt.

Beim Eintauchen fragen sie sich, ob sie wohl alle das Gleiche empfinden, ob der Ozean es auch übernimmt, ihre Gedanken miteinander zu verknüpfen, während die Körper sich in ihm tummeln, ob er ihre Eindrücke leitet wie Blitze.

Als sie die Wasseroberfläche berühren, sind sie gleichermaßen überwältigt, fast könnten sie mit der elektrischen Energie, die sie mit jeder Geste zu erzeugen glauben, die Meerestiefen ausleuchten.

Sie haben keinen Geltungsdrang, kein Zeitgefühl. Offenbar braucht es die erste Wellenklatsche, um sie ins Hier und Jetzt zu holen. Sie haben kein Ziel, vollführen die erstbeste Bewegung, um sich an der Oberfläche zu halten, um so viel Raum wie nötig in diesem von den Schwimmbewegungen verzerrten Kreis einzunehmen. Es wird sich schon zeigen, ob ihnen die Puste ausgeht, ob sie die Stille lähmt, ob die Euphorie dann als Flosse dienen kann.

Jeder hat sein gut gehütetes Bild von Freiheit, jeder erlebt seinen eigenen Schock im neuen Element. Unter ihren Augenlidern ziehen Landschaften vorbei, Schulferien, Ebenen, die so weitläufig sind, dass sie urzeitlich wirken, Regengüsse, Fahrradrennen bei glühender Hitze, winzige, in den Felsen versteckte Häuser, Sonnenblumen- und Rapsfelder, Strände, Gewürze, Baumhäuser.

Ihre Gesichter sind verzückt, gelöst, die Körper krümmen sich vor Wonne. Und jedem offenbart sich, dass in seiner Sprache das Meer das Meer ist und der Ozean mächtig.

Daran, wie jeder ins Wasser eintaucht, sieht man, wie er beschaffen ist, die blauen Flecken, die vergessenen Beulen, die lädierten Rücken. Man erkennt die jugendliche Geschmeidigkeit und die angestrengten Muskeln, die zärtlich gestreichelten Leiber und die Körper, die schon viel zu lange vernachlässigt werden. Die Öffnung, die jeder auf der Oberfläche hinterlässt, ist nicht genau dieselbe: Alle tragen eine andere Last.

Und doch gleiten sie ohne Aufprall ins Wasser, ohne es unnötig aufzuwühlen, es schäumt nur ein wenig um die Schenkel, als sie mit den Beinen strampeln. Eine Sekunde später sind sie unter Wasser, Medusenhaare, endlich nicht mehr nur in Gischt gehüllt, schlängeln sich, nehmen den Druck von der Kopfhaut, plötzlich schwerelos.

Das Rauschen des Wassers in den Ohren scheint ihnen neu. Sie tauchen einen Meter oder zwei, hören das Herz in den Schläfen pochen, vernehmen eine andere Form der Stille. Sie haben die Geräusche der Erde und der Wasseroberfläche hinter sich gelassen, sie entdecken die Musik ihres eigenen Blutes, Trommelwirbel bis zur Ekstase, Paukenschläge bis zur Trance. Tiefer Klang des Atemstillstands, Symphonie der Schwerelosigkeit.

Sie haben auf ihrer Nacktheit bestanden, und es scheint fast, als sei der Wunsch, nackt im Wasser zu sein, der ganzen Idee vorausgegangen, ein unbedarfter und konkreter Wunsch, der sich zu einer Obsession entwickelt hat: die Haut über alles, die in den Wahnsinn treibende Haut, die Leichtigkeit und erlösende Kühle sucht.

Jetzt reckt und streckt sich die Haut, nährt sich von der Kälte, dem Salz und dem gleichmäßigen Schaukeln noch der kleinsten Wellen. In der ersten Minute bewegen sie sich unter Wasser vorwärts, sternförmig, tretend, orientierungslos, öffnen die Augen und suchen den Frachter, den großen Schatten, den riesigen Rumpf, und vergessen sofort wieder, was sie gesucht haben, als die Sonne auf der Wasseroberfläche glitzert und sie ihr langsam das Gesicht nähern, auftauchen, atmen.

Beim Eintauchen hat jeder seinen Platz gefunden, seinen eigenen Kreis gezogen. Euphorisch und sorglos nehmen sie nur noch die Entfernung von Kopf bis Fuß wahr, genießen das Gefühl, sich zu strecken. Sie können in keiner irdischen oder nautischen Maßeinheit mehr rechnen, geben sich ganz dem Vergnügen hin, sich treiben zu lassen. Sie reden und singen, ohne einander zuzuhören, entfernen sich voneinander.

Die ersten zehn Minuten verfolgen sie keinerlei Ziel. Sie gleiten durchs Wasser, bewegen sich mit unkoordinierten Gesten vorwärts, schwimmen in frei erfundenen Schwimmarten um das Rettungsboot, paddeln unter Wasser und tauchen prustend wieder auf. Sie ruhen ganz in ihrem Körper. Das beim Eintauchen dunkel scheinende Wasser ist jetzt wieder durchsichtig. Sie spüren eine ungeahnte Energie, wollen alles ausprobieren, alles sehen, alles erleben, ihre Uhr ist wieder auf null gestellt, sie schreien so laut sie können, um ganz sicherzugehen. Sie erkunden einfach nur ihren eigenen Körper im kühlen Nass, den Widerstand gegen die Strömungen in diesem unendlich ruhigen Ozean. Obwohl der Horizont schaukelt, wenn sie den

Kopf über Wasser halten. Eine Welle nach der anderen versteckt sie vor dem Schiff. Da begreifen sie, was es heißt, völlig unbedeutend zu sein. Ein wenig Salz trübt ihren Blick, ein wenig Transparenz zieht sie in den Bann, und dann diese Farbe, die sie noch nie zuvor gesehen haben: pupillengrün.

Sie sind von allem verzaubert, was glitzert, und sei es ihr eigener Oberschenkel, auf den ein Sonnenstrahl trifft. Sie erahnen, dass dies die unbeschwertesten Sekunden sind, die sie je erleben werden, ohne Angst, ohne Schatten, ohne Wolken. Sie dehnen den Moment, jeder zeichnet im Wasser seine eigene Strecke. Völlig versunken schwimmen sie lange Kraulbahnen. Sie wissen, dass dies unsterbliche Minuten sind, die einzigen vielleicht für lange Zeit, in denen sie sich nicht um den Rückweg sorgen müssen und einfach geradeaus schwimmen, in einer vollendeten Choreografie.

In der elften Minute verlangsamen sie ihre Bewegungen und lassen sich von der beißenden Kälte einholen. Sie atmen tief. Jetzt, da ihr Kopf aus dem Wasser ragt, nehmen sie den Himmel anders wahr, vielleicht ist er näher, oder von einem satteren Blau, vielleicht sind aber auch nur ihre Augen müde von der Helligkeit. Sie richten sich auf und stellen fest, dass sie die Orientierung verloren haben. Sie können ihren Körper nicht mehr senkrecht halten, denn das Meer windet sich schelmisch. Sind es die Sonnenstrahlen oder die unmerklich höher schaukelnden Wellen, die sie zum Narren halten? Sie lachen noch, jeder für sich, und lauschen dem Echo ihres Lachens in ihrer Schädelhöhle, erfassen die merkwürdige Diskrepanz zwischen den spontanen Fragen und dem Ton ihrer eigenen Stimme, zwischen dem Lärmen des Wassers und der Stille der anderen.

Sie wissen nicht mehr, ob ihr Arm die Welle durchtrennt oder ob die Welle ihren Arm packt, wissen nicht mehr, ob sie über ihre Richtung bestimmen oder ob das Rettungsboot sich entfernt. Sie setzen ihre Entdeckungsreise fort, ein Bein in der Gischt, amüsieren sich darüber. Sie sind der – freiwillige – Spielball der Wellen, sie sind Komplizen des Windes, der die Oberfläche kräuselt und den Schrecken auffrischt.

Die Angst vor Unwettern gehört einer anderen Zeit an, damit geben sie sich nicht ab. Heute haben sie alles im Griff, ihre Gesundheit, das Wetter, ihre Erkundungen und sogar ihre Unbedarftheit – alles im Griff.

Mühelos halten sie sich an der Wasseroberfläche, sind noch arglos, denn sie gehören zu jenen Menschen, denen ihr Körper vom Fitnessstudio und den vielen Trainingseinheiten her vertraut ist, sie gehören zu jenen Menschen, die jede Schwäche sofort wahrnehmen.

Sie gehören nicht zu denen, die sich einschüchtern lassen, die eine kurze Unaufmerksamkeit angreifbar macht, sie sagen sich, dass sie schon ganz andere Dinge erlebt haben, Momente im Leben, in denen es darauf ankam, konzentriert, ganz bei sich zu sein. Sie wissen, dass sie ihren Beruf für genau diese Momente des Kräftemessens mit der Natur gewählt haben. Also recken sie den Hals und versuchen auszumachen, wo die anderen schwimmen. Sie wissen, dass es gerade jetzt wichtig ist, zu bestärken und bestärkt zu werden, die Gruppe wieder zusammenzubringen, einander beizustehen.

Sie sind eine Mannschaft und immerhin erwachsene Männer, auch wenn sie sich im Wasser für einen Moment wieder so leicht gefühlt haben wie Kinder.

Sie suchen das Rettungsboot, entdecken es mühelos zwanzig Meter entfernt, wo es hin- und herschaukelt wie ein Seezeichen, grell und orange. Aber träumen sie, oder ist niemand an Bord? Und schwimmt auch niemand in der Nähe? Sie blinzeln einige Male, das Salz trübt womöglich auch die Sicht, milde lachen sie über sich selbst, über die einsetzende alberne Unsicherheit.

Sie schauen sich um, recken den Hals wie ein Sehrohr und erweitern ihren Suchradius. Sie wissen nicht, wie schnell die anderen schwimmen und welche Richtung sie eingeschlagen haben. Aber sosehr sie sich auch den Hals verrenken, den Kopf in alle Richtungen drehen, es ist weit und breit niemand im blauen Stoff zu sehen: nur noch das neonfarbene Boot, das auf den Wellen schaukelt, und in der Ferne das riesige Containerschiff.

Mit einem Mal sind sie verunsichert, geraten aus der Fassung. Sie lachen, um sich zumindest ihrer eigenen Anwesenheit zu versichern. Sie entwerfen mögliche Szenarien – ein Traum, ein mögliches Verschwinden, ein Scherz oder eine unvermittelte Kurzsichtigkeit. Sie hinterfragen ihr Zeitgefühl – vielleicht hat die Euphorie sie länger getragen als die anderen, vielleicht waren die Minuten des Planschens tatsächlich Stunden, womöglich haben sie ungeahnte Kräfte entwickelt. Ja, die Kameraden sind bestimmt schon längst wieder an Bord, sind ins orange Rettungsboot geklettert, ganz unbemerkt, und haben es dann wieder zum einsamen Schwimmer, zum unbekümmert Badenden heruntergelassen. Aber sie können die Geschichte noch so sehr zurechtbiegen und suchend um sich blicken, sie wissen, dass sie sich selbst belügen. Sie haben nicht mit diesem Schwindelgefühl gerechnet, mit dieser plötzlichen Schwäche, die alle ihre Fähigkeiten beeinträchtigt. Sie waren ganz in ihrer Verzückung versunken.

In der zwanzigsten Minute bleibt ihnen nichts anderes übrig, als ihre Gedanken auf etwas Konkretes zu richten. Sie erinnern sich an Leitern und Bojen, an das in der Nähe treibende Boot und daran, dass man sie in jedem Fall von oben überwacht. Sie gehen in Gedanken die aufeinanderfolgenden Handlungen und Konsequenzen durch. Sie rufen sich in Erinnerung, dass sie sich vor nichts fürchten, weder vor der Tiefe des Meeres noch vor der Höhe des Frachtschiffs. Sie beweisen sich selbst, wie quicklebendig sie sind, strecken sich, atmen ein, spucken aus und schlottern, sagen sich ein paar intime Wahrheiten, große metaphysische Sätze. Wer mit Logik scheitert, versucht der Frage nach seiner unmittelbaren Zukunft mit Humor beizukommen, wird schließlich seines stummen Monologs überdrüssig: Sei still und schwimm.

Doch für viele ist es zu spät: Sie sind sich der Kilometer unter ihren Füßen deutlich bewusst geworden, und der Schwindel, den sie hier nicht vermutet hätten, hat sie überkommen. Es gibt keinen Unterschied mehr zwischen den über den Decks und an irgendwelchen Relings hängenden, den auf der Suche nach der bodenlosen Tiefe die Berge erklimmenden Körpern und ihren Körpern, im Hier und Jetzt, den Körpern unschuldig Badender. Es gibt keinen Unterschied mehr zwischen den bedrohlichen Stockwerken des Freitods und den vorsichtigen Schwimmbewegungen um das Boot. Die Idee hat sich unter ihren Füßen und in ihrem Bauch aufgetan, ein unsäglicher Schmerz.

Bei manchen dauert es nur eine Sekunde, bis sie das Wasser nicht mehr anschauen, sich die dunklen Tiefen nicht mehr vorstellen und ihren Körper nicht mehr aufrichten können, um mit den Füßen zu paddeln: Sie stürzen jetzt von allen erdenklichen Gebäuden und Klippen, aus allen Albträumen.

Andere sind in Gedanken bei den zahllosen Ertrunkenen, den bei einem Unwetter von Deck Gestürzten. Sie sind die Ermordeten, die in der finsteren Nacht zum Tode Verurteilten, sie sind die Schiffbrüchigen, deren Kahn zerschellt und sie in ihrer Hilflosigkeit zurücklässt, jämmerlicher als ein Stück Treibholz. Aus welchem Jahrhundert, in welcher ausgestorbenen Sprache erklingen die Stimmen, die sie plötzlich hören? Sie schwimmen jetzt um ihr Leben.

Nach einer halben Stunde erfahren sie, was es bedeutet, wenn die Zeit stillsteht, das Herz im Hals klopft und ein inwendiger Schrei das Lachen erstickt. Sie sind sich ihrer Nichtigkeit und Unwissenheit schrecklich bewusst.

Einige haben nur auf den eigenen Atem gelauscht, haben die Vorstellung von einem Tier, einer unvermuteten Berührung beim Ausstrecken der Beine schnell wieder verdrängt, die mögliche Begegnung mit einer Qualle, einem Rochen oder einem Hai ausgeschlossen.

Die Besonnensten beruhigen sich, indem sie an Bücher, Zahlenreihen und Wahrscheinlichkeiten denken. Doch alle kehren nun um und hoffen, dass sie sich in der Richtung zurück zum Rettungsboot nicht zu sehr geirrt haben.

Sie werden kein allzu breites Netz auf der Wasseroberfläche gezeichnet haben.

Sie werden nicht länger als fünfunddreißig Minuten geschwommen sein.

Erdbewohner, die im kühlen Nass Panik überkommt.

Sie werden ihr ganzes Leben in einer einzigen Welle erfasst, das Ufer und das Erwachen ersehnt haben.

IV

ES GIBT DREI ARTEN von Menschen: die Lebenden, die Toten und die Seefahrer.

Man kann noch atmen und schon tot sein. Man kann zurückhaltend sein und furchtbar lebendig. Man kann das Meer in sich tragen und nie den Salzgeruch eingeatmet, kein einziges Mal das Dorf oder die Stadt verlassen haben.

Man weiß es, wenn man tot oder ein Seefahrer ist, sogar wenn man an die Erde gefesselt ist. Man weiß, wenn man vom richtigen Kurs abkommt und sein Ziel verfehlt. Wenn der Boden unter den Füßen schwankt. Man weiß, dass man von hier kommt, ohne dazuzugehören, und dass man immer zum Aufbruch getrieben ist.

Es gibt Seefahrer, von denen manche noch nie das Meer gesehen haben und die sich selbst nie so nennen würden, weil sie diese Bezeichnung nicht kennen. Sie haben etwas von Vermissten an sich, während man mit ihnen spricht, während man sie ins Leben drängt, um die Angst zu bannen, sie berührt und ihnen Versprechen abringt.

Es gibt Seefahrer, die schwindelerregend abwesend sind, mit dem Tod vertraut, ohne diese Grenze je zu überschreiten, die der Frage bis zur völligen Auszehrung nachgehen, schon nicht mehr ganz da, die mit vermeintlich fest auf dem Boden stehenden Beinen abtreiben, mit jener viel beneideten Fähigkeit, aus der Ferne zu beobachten, wie das Leben ohne sie zurechtkommt.

Sie kann über jeden Menschen, dem sie je begegnet ist, sagen, wer er ist und was ihn erwartet, die Irrfahrten oder die Verankerung, ein Haus oder der immerwährende Abschied, die Vertikale oder der unendliche Horizont.

Nicht, dass es wichtig wäre, aber so begreift sie nun mal die Welt.

Sie gehört auf das Meer. Lange bevor sie zur See fuhr, während der Jahre an Land in einem warmen Haus voller Geschwister, auf dem mütterlichen Schoß wie auf dem Schulweg, sogar während der Jahre in einer hafenfernen Stadt, der Zeit des Studierens und der Bücher, lief sie nicht auf dem gleichen Boden wie die anderen, was sie aber nie an der Liebe und dem Staunen hinderte, an Wettrennen im Gras und Küssen auf der Bank. Sie verschwand einfach nur schneller, stahl sich beim kleinsten Lufthauch davon.

Dieses Mal war es besonders auffällig. Sie war mehrere Monate an Land gewesen, hatte verschiedene Dinge geregelt, verschiedene Leute getroffen, einige alte Freundschaften aufgefrischt und sich auf eine Liebesgeschichte eingelassen, von der sie nicht so recht wusste, wie sie damit umgehen sollte. Eine *Bindung* war für sie natürlich unmöglich, sie war es leid, das wieder und wieder erklären zu müssen.

Die letzten Wochen vor der Abreise hatte sie das untrügliche Gefühl, dass die Stadt sie nicht mehr aushielt, dass sie in diesem Geflecht aus Gebäuden und Körpern überzählig war. Wenn sie unterwegs war, war sie sich der unterschwelligen Gewalt und der unter Strom stehenden Zäune instinktiv bewusst. Seit Monaten hatte sie keine Lust mehr, durch die Straßen zu schlendern, und auch keine Zeit. In der Stille einer nie fertig möblierten Wohnung wartete sie nur noch auf die Einschiffung.

Sie weiß, wie die beunruhigte Stadt sie jedes Mal an ihren Rand drängt, sie langsam nach außen schiebt, bis zum geschäftigen Treiben des Hafengeländes, kilometerlange Hektik und Blechhaufen, die Kais mit ihren blutleeren Armen, nach Luft schnappende Schiffe, durchlöchert von unbekannten Verletzungen. Sie kennt das Gefühl, bei der Ankunft am Hafen von einem Schatten erdrückt, von den Metallbergen bedrängt zu werden. Plötzlich ist der ganze Horizont verdeckt. Alles sprengt den Rahmen. Sie mag diesen Moment, zu Füßen ihres Schiffs, wenn sie für einen Augenblick die Proportionen, die Werteskala aus den Augen verliert.

Sie erinnert sich wieder daran, dass der Hafen Feindesland ist, dass dort Maschinen, geschmeidiger und schneller als sie selbst, ihren Weg verfolgen, ohne sich um andere zu scheren, alle Hindernisse einfach mit Sirenengeheul zur Seite drängen. Ein den Rieseninsekten vorbehaltenes Terrain. So nennt sie die zehn Meter hohen Gabelstapler, die ihr Leben in der Hand haben. Offenbar muss man diesen Preis zahlen, um die Stadt zu verlassen und sich dem Wasser zu nähern.

Auch der Rand scheint nun gefährlich, scharf wie eine Klinge. Jedes Mal muss sie sich wieder damit abfinden: Die Erde ist nicht mehr ihr Tummelplatz. Bleibt nur, ungeduldig zu warten, bis das Schiff sich in Bewegung setzt. Bis es das Ufer, seine Schnittwunde, hinter sich lässt.

Sie gehört aufs Wasser und kennt ihren Beruf gut. Und doch ist der Auftakt zu einer neuen Reise nie selbstverständlich. Sie fragt sich jedes Mal, was sie aufs Meer getrieben hat, diese verfluchte Schwäche für Brüche, obwohl sie ganz genau weiß, dass es viel bequemer ist, das Leben zwischen vier Wänden vorüberziehen zu lassen, als diese verdammte Andersartigkeit zu leben – die Lebenden, die Toten und sie als Kapitänin – mit den Ameisen im Hintern, den sie törichterweise dem Meer anvertraut.

Nach den ersten Tagen an Bord vollzieht sich zunächst eine Angleichung zwischen dem menschlichen Körper und dem Metall, so wie angeblich auch auf dem Grund des Ozeans Plastik und Fische miteinander verschmelzen. Manchmal beschleicht sie dieser Gedanke. Eine kaum merkliche Evolution der Spezies. Zurück in die Tiefen des Meeres.

Zuerst ändert sich die Zusammensetzung des Geruchs von Haut und Händen: eine Mischung aus Schmierfett und Metall, eine Salbe. Ein sowohl chemischer als auch mechanischer Prozess. Und so lässt sie sich vereinnahmen von diesem stinkenden Leben, vom Schweröl, dem schwarzen Blut des Tieres, das sie auf seinem Rücken trägt, dieses zugleich lebendigen und toten Tieres, das keucht wie ein Mensch, wenn sie beschleunigt, und brüllt, wenn es in der Lunge sticht.

Am Anfang hat sie das Gefühl, dass alles kopfsteht, dass ihre Organe allein das Schiff lenken, übers Meer reisen, sich aus dem Staub machen wollen. Ohne sie. Denn in den ersten Tagen ist sie furchtbar ungeschickt. Am Anfang misslingt ihr alles und wird ihr Körper überall aufgehalten, von einer Absperrung, einer Treppe, einer Vorschrift, einem Geländer, von einer weiteren Tür, einer Gefahr, einer Windböe, einem Heizkessel, einer Rampe, einer Unentschlossenheit, von einem Schild, einer Brüstung und einem Wasserstrahl, einer optischen Täuschung, einem Regenschauer, einem Klingelton, einer Vibration, einer Leiter, von einem Zweifel, einem Zeitplan, einem Temperaturabfall, einem Radar, einer Sicherheitsanweisung oder einer Schläfrigkeit, einer Stimme, einem Feueralarm, von einer völligen Lähmung. Blaue Flecken gehören zur Verwandlung.

Sie weiß, dass es nicht leicht ist. Dass man nicht einfach so von einer Kategorie in die andere, vom Tod ins Leben wechseln kann, ohne zuerst ein wenig orientierungslos und ungelenkig zu sein. Sie weiß, dass man auf dem Rücken der Ozeane nicht immer willkommen ist, dass man sich nicht ungestraft an ihrer Mähne festhalten kann.

Etwas Übergroßes dringt ihr in die Augen und breitet sich in ihr aus. Macht es sich in den beiden Hälften ihres Gehirns gemütlich. Schlingt sich um ihre Eingeweide, rüttelt auf, beklemmend und befreiend zugleich. Sie ist sich nicht sicher, ob die Legierung zwischen ihrem Körper und dem Metall ein Schutzschild ist, ein Panzer direkt unter der Haut, oder eher ein Hebel, um ihr Innenleben in Schwingung zu versetzen, es aufzurütteln.

Nach einer Weile akzeptiert sie die Transformation. Lässt sich – ein bisschen nur – verwandeln.

V

SIE STEHT AUF DER BRÜCKE und hält nach einem Schiff Ausschau, das sich über den unbeweglichen Frachter wundern könnte. Sie weiß, dass der Alarm schnell ausgelöst wird, dass eine Minute zu lang ohne Radar oder eine ausbleibende Antwort ausreichen könnte, um in irgendeinem Bürogebäude eine Befehlsabfolge in Gang zu setzen und bei einem Landbewohner den Adrenalinspiegel in die Höhe zu treiben. Sie bräuchten nur von einem Flugzeug gesichtet werden. Dann würde die Sirene ertönen, die die Menschen wieder zur Ordnung ruft, und die in Alarmbereitschaft versetzten Hubschrauber würden von der nächstgelegenen Küste abheben. Mit Motorkraft ist keine Entfernung weit. Mit oder ohne Wind dauert es nur wenige Stunden, bis kundige Hände zur Stelle sind, um die Abweichung zu korrigieren. Sie weiß, dass ein völliges Verschwinden unmöglich ist, weiß um die Illusion, der sie sich hingeben, wenn sie die Radare während des Schwimmens im Meer abschalten. Und so schaut sie auf die ruhige Wasseroberfläche und spürt wieder die kleine Verzögerung, den leichten Widerstand gegen die Vernunft. Ihre Matrosen hat sie dabei nicht vergessen. Sie geht nach Backbord, wo das Rettungsboot heruntergelassen wurde. Sie muss sich vorbeugen, den Oberkörper ein wenig kippen, um es zu sehen.

Sie macht die Männer im Meer aus, neben dem orangen Boot. Von hier oben kann sie sie nicht erkennen. Sie könnte zum Fernglas greifen, doch auch jetzt hält sie inne: Da ist er wieder, dieser leichte Schwebezustand, der all ihre Gesten verlangsamt. Mit bloßem Auge betrachtet sie die Formen, die die Männer bilden, kleine wuselnde Punkte, die wie Sterne den blauen Kreis bevölkern. Sie versucht, in diesem schwimmenden Menschenschwarm eine Ordnung zu finden, ein Organisationsprinzip, so wie sie in den zerklüfteten Ufern der Inseln, an denen sie vorbeifährt, Gesichter zu erkennen glaubt und geheime Formeln in den langen nautischen Berechnungen sucht. Manchmal beugt sie sich stundenlang allein über die Zahlen, sucht die Herausforderung und liefert sich ein Wettrennen mit den Geräten.

Jetzt schaut sie auf die rund zwanzig Männer, die schwimmen, wohin sie wollen, so weit sie können, wie sie können, weil sie es so beschlossen haben, weil ihre Aufgabe und ihr erlernter Beruf plötzlich nicht mehr wichtig sind. Eine Idee hat ihren Körper durchzuckt, sie wollten nackt sein. Sie hatten keine Angst mehr, überwacht und beurteilt zu werden, eine messbare Verspätung zu verursachen. Sie betrachtet diese Männer, die nun nackt im Wasser sind, weil sie den Gedanken an Sicherheit und Grenzen beiseitegeschoben haben. Sie sind wie unbeschwerte Kinder in einer Wanne, einem Planschbecken, die sich nicht darum scheren, ob sie schwimmen können oder nicht. Sie beobachtet diese Männer, die das Ertrinken riskieren, weil etwas in ihr »Einverstanden« gesagt hat.

Der neue Raum direkt unterhalb ihres Herzens entspricht diesen ungelenken Schwimmversuchen. Sie muss sich nicht mit den anderen ins Wasser stürzen, um ihren Schwindel nachzuempfinden. Sie weiß, dass sie von jetzt an mit diesem Stechen, dieser Aversion gegen gerade Linien leben muss.

Ihre Augen werden müde. Die Sonne steht hoch am Himmel. Sie sagt sich, dass die Männer doch wenigstens irgendetwas tun könnten, während sie sie beobachtet, ein Wettschwimmen, einen Synchrontanz, dass sie ihr zuwinken oder alle gleichzeitig abtauchen könnten. Ohne Uniform weiß sie nicht, wer von ihnen wer ist, glaubt aber zu hören, wie ihre Arme aufs Wasser klatschen, das Echo ihres Männeratems, die Worte, die sie wechseln, um sich zu ermutigen. Dabei sind sie nur unbedeutende Geschöpfe, viel ungelenker als die fliegenden Fische, durch deren Schwärme sie bei voller Fahrt schießen und die sich schnell auf beide Seiten des Schiffes retten.

Mit dem Fernglas wählt sie zufällig einen der nackten Männer aus, er keucht, streckt seine Arme, die er sonst nie derart beansprucht, überschreitet seine körperlichen Grenzen für nichts und wieder nichts, aus Angeberei oder einem erhabenen Impuls heraus. Berauscht von seinem wiedergefundenen Kraulstil kehrt er nicht zum Frachter zurück, scheint die Gefahr, die Entfernung, die Breiten- und Längengrade, all die auf See Verunglückten völlig vergessen zu haben. Sie glaubt, in ihm einen Matrosen wiederzuerkennen, mit dem sie seit der Abreise nur wenige Worte gewechselt hat, nützliche, wohlüberlegte Worte in der einzigen gemeinsamen Sprache, der Sprache der Arbeit. Auch als er innehält, kann sie sein Gesicht kaum erkennen, hat aber den Eindruck, dass er etwas sagt oder ruft und gar nicht mehr aufhört mit seinem Selbstgespräch, als sei er plötzlich von einem Gedicht erfüllt.

Nacheinander nimmt sie die Matrosen ins Visier. Wüsste gerne, was sie sich mit geschlossenen Augen und zum Himmel gerecktem Hals erzählen. Sie muss an aus dem Nest gefallene Vogelküken denken, die aus Leibeskräften fiepen, um sich mitzuteilen, weil sie noch nicht fliegen können. Manche schwimmen auf dem Rücken, andere sind weiter hinausgekrault und verschwinden fast aus ihrem Sichtfeld. Wenn es ihr gelingt, auf ein Gesicht scharf zu stellen, konzentriert sie sich auf die Lippenbewegungen, um zu erkennen, ob sie einer vertrauten Sprache oder einem Lied entsprechen. Sie sorgt sich ein wenig, ob sie eine Nachricht entschlüsseln oder einen Hilferuf erkennen muss. Aber was würde sie dann tun, außer mit den Armen wedeln und zurückschreien?

Was deklamieren sie? Die großen Gesänge der *Odyssee*? Die lange Liste ihrer Liebschaften? Improvisierte Gebete? Neue Erkenntnisse, die sich ihnen beim Sprung in die Wellen offenbart haben? Hören sie sich gegenseitig? Reden sie miteinander? Antworten sie einander? Singen sie ein Seemannslied im Chor? Doch kein Gesicht will sein Geheimnis preisgeben. Sie kann sich noch so viele Geschichten für jeden von ihnen ausdenken, ihre Züge bleiben unergründlich.

Um sie besser zu verstehen, könnte sie in ihr Büro gehen und die Unterlagen eines jeden durchblättern. Anhand der Ausweise könnte sie die ungefähre Laufbahn nachvollziehen, sich vorstellen, was den einen oder anderen an den Kai getrieben hat: bretonische Namen, rumänische Namen – das ist ja nicht dasselbe –, ihre Heimatdörfer, ob studiert oder nicht, und auch das Alter, aufgrund dessen man den Beruf noch ein wenig weitermacht oder sich schwört, beim nächsten Landgang nichts vom umgekrempelten Magen während der ersten Überfahrten zu erzählen. Sie könnte die Krankenakten durchblättern, die Verschlusssachen über Fehltritte. Dann könnte sie diese Daten mit der Nacktheit der Männer abgleichen. Sie könnte Namen rufen, sie einfach so über die Reling werfen und schauen, wer antwortet. Auch sie könnte sich alles von der Seele schreien, ihre seit Langem erloschenen Leidenschaften und diese jüngste kleine Kapitulation, die paar Tage des Innehaltens.

Sie ist zum ersten Mal allein an Bord. Die Erkenntnis elektrisiert sie und lässt sie ganz neue Möglichkeiten erahnen. Schnell überschlägt sie die Zeit, die die Männer benötigen werden, um zum Boot zurückzuschwimmen und durch die Wellen bis zur Leiter zu gelangen, die sie für sie hinunterlassen wird. Dann tritt sie von der Reling zurück, entzieht sich ihrer Sicht und verschwindet im Aufbau, der über den Containern thront. Im ersten Stock reihen sich die Türen zu den Kabinen der Offiziere aneinander. Scheinbar zufällig öffnet sie eine Tür, setzt sich verstohlen auf die Liege und schaut sich um. Zerknitterte Laken und ein Geruch nach Mann, auf dem Tisch einige Papiere und ein Computer. Sie müsste ihn nur einschalten, um alles über den Bewohner zu erfahren. Sie erkennt den Koffer ihres ersten Offiziers; würde sich ihr Blick auf diesen Seemann, den sie am besten von allen zu kennen glaubt, ändern, wenn sie die Geheimnisse seiner Habseligkeiten lüften würde? Wüsste sie endlich, wonach er Ausschau hält, wenn sie gemeinsam aufs Meer blicken? In einer Jackentasche findet sie einen Stein, sie hebt auch manchmal einen auf, wie ein Stück Land, das man mitnehmen will. Sie entdeckt auch eine U-Bahn-Fahrkarte, unpassend an diesem Ort, fast schon störend. Ein Handy, das sie mit einem

Wischen aktiviert, als Bildschirmhintergrund ein Kinderfoto, ein süßer Blondschopf mit weit aufgerissenen Augen. Das wollte sie gar nicht wissen, sie deaktiviert es wieder, die Finger verbrannt von dieser aus einem Gerät dringenden Wahrheit, die nicht zu ihr, zu diesem Ort passt. Sie legt die Dinge an ihren Platz zurück. Sie müsste nur die anderen Kabinen durchsuchen, die Waschtaschen öffnen, um alles über ihre Männer zu erfahren: über ihre tiefsten Ängste, ihre Krankheiten, ihre Parfums, Seifen und Rasierer, über ihre Beruhigungsmittel, Kondome, Zahnbürsten und Cremes, ihre Kämme, ihren Aberglauben, ihre Zaubersalben, über ihre Pedanterie und ihre Unordnung.

Sie erinnert sich, wie sie auch an Land manchmal in eine Privatsphäre eingedrungen ist, die eines Mannes, mit dem sie mitgegangen war und bei dem sie, während er eine Besorgung tätigte, allein in der Wohnung in einer fremden Stille blieb, sich träge auf dem Sofa ausstreckte, einen herumliegenden Pullover aufhob, an ihm schnupperte und ihn anzog. Sie blätterte in einer Zeitung, einem gerade erst weggelegten Buch, schloss daraus, wo der Mann seine Gedanken unterbrochen hatte, hörte, wie im Treppenhaus eine Tür geöffnet und wieder geschlossen wurde, vernahm die Stimmen der Nachbarn und die Geräusche des Gebäudes. Dabei hatte sie das Gefühl, mehr über ihn zu erfahren, als wenn er die zurechtfrisierten, etwas linkischen Geschichten aus seinem Leben zum Besten gab.

Mehr, als wenn er selbstbewusst seinen geglätteten Lebenslauf abspulte.

Hier in der Offizierskabine beruhigt es sie, dass die Abwesenheit der Seefahrer von so vielen kleinen Dingen bevölkert wird. Ein Paar Socken neben dem Stuhl zeugt von der Überstürzung, dem plötzlichen und unvorhergesehenen Aufbruch, wie in jenen Ruinen, in denen man die hinterlassenen, gerade erst aus der Hand gelegten Gegenstände findet, und höchstens eine umgestürzte Vase, die an die Katastrophe erinnert.

Auch sie will nun ein Zeichen ihrer Anwesenheit, ihrer plötzlichen Verbundenheit mit dieser Männerwirtschaft hinterlassen, eine Geste für ihn, die sie nicht mehr wagen würde, sobald alle wieder an Bord wären, ein kleines Augenzwinkern. Sie will diesen Raum kurz bewohnen, weiß, dass sie höchstens ein paar Minuten hat, und so zieht sie sich, ohne nachzudenken, aus und steigt in die Dusche. Sie wäscht sich mit seiner Seife, einem billigen Duschgel, das entfernt nach Zucker oder Vanille riecht, seift ihren Körper ein, wie sie es normalerweise nach ihren stundenlangen Wachdiensten tut, um die Anspannung wegzuwaschen, die auf Englisch in ein Walkie-Talkie gekrächzten Fachwörter, um nach Stunden des unbewegten Horizonts wieder ein bisschen Leben zu spüren. Mit noch feuchter Haut schlüpft sie zurück in ihre Kleidung; man könnte denken, sie wäre die Herrin über die Zeit und könnte durch eine Verlangsamung der Gesten diesen Moment des Alleinseins endlos ausdehnen.

Allein wäre es natürlich schwierig, das Schiff zu lenken, sich zwischen der Brücke und dem Maschinenraum, zwischen dem Kopf und den Eingeweiden dreizuteilen. Sie stellt sich vor, wie sie es anstellen könnte, von einem Posten zum anderen zu eilen, nie mehr zu schlafen.

Sie würde die Hebel umlegen und den Frachter wieder in Gang setzen. Sie wäre sich der Gefahr vollkommen bewusst, und doch würde sie die Schiffsschrauben anschalten, für die Schwimmer eine riesige Welle, eine unmöglich zu überbrückende Entfernung schaffen. Ein Impuls, ein paar einfache Gesten würden reichen. Sie müsste nur einen winzigen Teil ihres Gewissens ausschalten. Ganz allein auf ihrem Frachtschiff würde sie weiterfahren und dabei Landmassen und andere Frachter so gut wie möglich umschiffen, bis sie eines Tages irgendwo stranden würde und nicht erklären könnte, wie ihre Männer verschwunden sind. Oder man würde eines Tages, früh am Morgen, wenn sich der Nebel gerade lichtet, das mit voller Kraft gegen eine Felswand gesteuerte Schiff entdecken. Man würde den Kindern von ihrer verwilderten Gestalt und ihrer skeletthaften Magerkeit erzählen. So würde sie gerne sterben, mit einem lauten Krachen, den Wellen ausgeliefert, nach jahrelanger Irrfahrt, wenn die Erde endgültig beschlossen hätte, sie abzuweisen.

Sie hat von angespülten Wracks gehört, bei denen nie jemand nachvollziehen konnte, was passiert war, keine Blackbox, keine Signalrakete, nur das plötzlich im Stich gelassene Leben. Und dann gibt es noch immer jene gefürchteten Piraten, deretwegen man in Küstennähe die Türen abschließen muss, jene Glücksritter, die sich in manchen Regionen auf das erstbeste beidrehende Frachtschiff stürzen. Sie stellt sich vor, wie einem das Blut in den Adern gefriert, wenn man begreift, was passiert. Sie stellt sich oft dieses Duell vor, zwei Feinde mitten im Ozean und die Gewissheit eines Todes ohne Zeugen.

Sie verlässt die Kabine und steigt hinab bis zur untersten Etage, näher an die Wasseroberfläche. Auch sie könnte vom Bug aus in den Ozean tauchen, das Frachtschiff ganz allein zurücklassen, ohne eine Menschenseele, die sie und die Männer wieder an Bord holen könnte, und zusehen, was passiert, wenn sie über nichts mehr befiehlt. Schafft der Schiffbruch einen ungeahnten Zusammenhalt? Wird das Fleisch beim Ertrinken zu Fisch? Überzieht sich die Haut wirklich mit Schuppen?

VI

VOR IHREM INNEREN AUGE läuft nun in Zeitlupe ein Film oder Albtraum ab, der damit endet, dass sie hochschrecken. Ein weiterer Schock fürs Herz, als ob sie an diesem Vormittag alles durchmachen müssten, wie ein eigens für sie vom Abgrund gemixter Cocktail. Wenn niemand mehr da ist, um sie zu hören, erinnert ihre Stimme an einen heiseren Schrei, ein Bellen, schrill wie ein obszönes Geheimnis.

Jeder glaubt, allein zu sein, schreit auf beim Anblick der Erscheinung.

Es ist ein Gesicht. Dann noch eins, genauso verstört wie das eigene, mitgenommen und gerötet. Jedes aus dem Wasser auftauchende Gesicht gehört zu einem Körper, der all seine Muskeln, all seine menschlichen Kräfte einsetzt. Jeder kneift im selben Moment die Augen zusammen und erblickt mit großer Erleichterung das Boot, die Bojen und die Strickleiter. Jeder schätzt die noch zu bewältigenden Meter und die Gegenströmungen ab. Und jeder erkennt den anderen und lächelt über die hohen

Wellen, die sie hatten glauben lassen, alle wären verschwunden. Jetzt finden sie ihr souveränes Kraulen wieder. Und wenige Meter vom Boot entfernt dann auch ihr selbstsicheres Männerlachen. Sie entkrampfen sich.

Plötzlich liegen sie besser im Wasser, atmen vielleicht tiefer, schöpfen ihr Lungenvolumen voll aus. Damit tut sich ihnen eine unmittelbare Zukunft auf, während sie beim Tauchen nur ihren eigenen Grenzen und dem ganz banalen Tod mit seinen weißen Spiegelungen begegnet waren.

Sie vergessen ihre Ängste und sind rasch voller Stolz darauf, einen Augenblick völlig frei gewesen zu sein, mutig, stark, athletisch, unbeschwert, glücklich, auserwählt, ausdauernd, einzigartig und lebendig. Sie rufen sich jetzt beim Namen, flachsen und beglückwünschen einander. Sie sind gerührt von einer Rötung, einer Sonnenbräune, einer zerzausten blonden Locke, die aus dem Wasser auftaucht. Sie erkennen die Nase des einen, die Zahnlücken des anderen, eine Falte, ein ungewöhnliches Lachen. Sie bewundern ein vollkommen rundes Ohr, das sie nie bemerkt hatten, wollen mit den Händen durch die nassen Haare eines Matrosen fahren, dessen Namen sie nicht kennen, und einander in die Arme nehmen, um sich zu versichern, dass sie hier und heute eine tiefe Liebe zueinander empfinden, eine leidenschaftliche Liebe – Pech für die an Land gebliebenen Geliebten. Vor Freude überwältigt, würden sie einander auf den Mund küssen, wenn sie nahe genug wären, würden sich tief in die Augen sehen und einander über die Arme fahren. Schließlich sind diese Männer, die Mannschaft, die rund zwanzig, die Kameraden, diese und keine anderen Männer ihre Brüder und ihr Spiegel, sie, die sie seit nunmehr fünfundvierzig Minuten besser kennen als alle anderen, die Menschen, die sie um jeden Preis zum Überleben brauchen. In diesem magischen Moment empfinden sie die einzig wahre Liebe, und auch wenn davon in ein paar Stunden nichts mehr übrig ist, haben sie doch die Euphorie der Begegnung ganz ausgekostet.

In den letzten Minuten reichen sie einander die Hand. Die, die sich bereits in das kleine Beiboot gehievt haben, verschränken die Hände mit denen der anderen und ziehen sie mit an Bord: der vertraute Kontakt protokollarischer Handgriffe. Das winzige orange Boot erfüllt seinen Zweck und bewahrt sie vor allem. Sie finden sich zusammen und bilden erneut eine Gruppe. Die Ersten sind schon eingestiegen, und niemand, wirklich niemand, will der Letzte sein, der sich abmüht, den ein Krampf behindert, dem die Arme oder das Herz versagen.

Sie atmen, und niemand sagt etwas. Sie wissen nicht, welche Wörter sie gebrauchen sollen, ohne in Banalitäten zu verfallen, schlimmer noch, denken sie, als wieder ins tiefe Wasser zu stürzen. Nach den Schreien und urzeitlichen Gesängen, nach der erhabenen Stille wissen sie nicht, in welcher Sprache sie die Maschinerie der Belanglosigkeiten wieder in Gang setzen sollen:

»Alles ok?«

»Alles ok.«

»Gut, dich wiederzusehen.«

Sie betrachten ihre fest nebeneinanderstehenden Füße auf dem Boden des Bootes, die Salzkrusten auf der trocknenden Haut, betrachten, als könnten sie ihren Augen kaum trauen, ihre Männerfüße auf dem Plastik. Sie wissen, dass sie blass und zittrig wirken. Sie lächeln, murmeln etwas vor sich hin und wissen doch ganz genau, wie mitgenommen sie aussehen. Sie hätten nicht gedacht, dass sie sich so erschrecken können, obwohl um sie herum nichts Anlass zur Panik gibt, nur eine leichte Brise, die das Wasser kräuselt, eine Spielerei der Natur.

Sie mustern einander. Jetzt, wo sie das Wasser verlassen haben und sich frierend im Rettungsboot drängen, ist keiner gelenkiger oder behänder als der andere. Selbst der da, der Ranghöhere auf dem Boot und bei der Arbeit, hat den eingefallenen Oberkörper eines schmächtigen Kindes, die Kuhle auf der Höhe seines Brustkorbs scheint eine Niederlage zu bezeugen.

Nackt und erschöpft sind sie einander ebenbürtig.

Sie wissen, dass etwas Unbegreifliches geschehen ist. Fast eine Stunde lang war ihnen alles entglitten. Der Wellengang hat ihnen einen Streich gespielt. Zwischen dem Ozean und ihnen ist etwas geschehen, worüber sie niemals sprechen werden, höchstens nach ein paar Gläsern oder vielen schlaflosen Nächten.

Als im Wasser keine Hände mehr zu packen und keine Körper mehr hochzuziehen sind, durchzuckt sie zum ersten Mal die Frage: Sind auch alle da? Woran sollen sie das festmachen, wenn doch niemand den anderen im Blick behalten hat? Zum ersten Mal fragen sie sich, warum niemand im Rettungsboot geblieben ist, um auf die anderen aufzupassen, um die Geschichte ohne jeden Spuk erzählen zu können. Jeder würde alles dafür geben, um genau zu wissen, wie weit er geschwommen ist und wie hoch die Welle wirklich war. Wie stark wehte der Wind? Und wie viele nautische Fäden ging es hinunter? Kann bitte jemand sagen, wie lange sie gekrault und getaucht sind? Sie würden alles dafür geben, um sicher zu sein, dass man ihnen den Rettungsring zugeworfen hätte, dass der Motor bei einem Schwächeanfall gestartet und das Boot in ihre Richtung gelenkt worden wäre, dass jemand eine zu schnelle Atmung, eine unmerklich unter die Wasseroberfläche gleitende Schulter bemerkt hätte. Sie sagen sich die Vorsichtsmaßnahmen rückwärts auf.

Sie bezweifeln nicht, dass die Kapitänin da war, dass sie sich bereitgehalten hat, um einzugreifen, aber kaum im Wasser, hatten sie gleich begriffen, dass zwischen ihr und ihnen bereits Welten lagen. Sie gehören nicht mehr zum selben Element. Ihr Leben wiegt unmerklich leichter als das der Kapitänin.

Sind alle da?, rufen ihre Blicke, die alle Körper zu erfassen versuchen und durcheinandergeraten bei den vielen ineinander verschränkten Händen und übers Wasser gebeugten Rücken, die noch die letzten Männer hochziehen. Bevor sie nachzählen, durchleuchten sie mit ihren Blicken das Meer, reichen allen Schatten die Hand, fahren beim Anblick der kleinsten Schaumkrone zusammen.

»Das Boot ist voll besetzt, oder?«

Sie haben den Eindruck, dass die Körper ebenso dicht an dicht sitzen wie vor dem Sprung ins Wasser. Es gibt keine Lücke, die ihnen eine Abwesenheit bedeuten würde, kein Gesicht, das wie eine Warnung vor ihrem inneren Auge auftaucht, weil man es lange nicht gesehen hat.

Sie beruhigen sich, und die Wellen schaukeln wieder höher. Reglos auf dem orangen Plastik sitzend geben die nackten Männer ein ergreifendes Bild ab, erinnern an ein anderes, gemaltes Floß.

Schließlich muss sich einer einen Ruck geben, muss manövrieren und dem Frachter ihre Rückkehr signalisieren.

VII

»1, 2, 3, 4, 5, 6, 7, 8, 9, 10, 11, 12, 13, 14, 15, 16, 17, 18, 19, 20 ... 21.«

Niemand sagt etwas. Nach ein paar Sekunden zählen sie wieder durch, brechen endlich das Schweigen, beenden die peinliche Stille.

»Wir müssten zwanzig sein«, sagt einer, »zählt ihr mal mit?«

»17, 18, 19, 20, 21, warte, noch mal von vorn«, sagt ein anderer.

»Ich hab schon zweimal von vorne angefangen, zähl du doch.«

»Gut: 2, 4, 6, 8, 10, 12, 14, 16, 18, 20 ... 21. Wir müssen uns vorher verzählt haben, aber ich hatte mir 20 gemerkt, eine gerade Zahl.«

»Wenn ich das gewusst hätte, ich mag ungerade Zahlen nicht.«

»Bitte nicht, hier herrscht schon genug Aberglaube, da müssen wir nicht noch eins draufsetzen.«

»Aber stellt euch vor, wir hätten im Wasser verlernt, zu zählen, das wäre ein echtes Problem beim Navigieren.«

»Mit den Maschinen kann man sich eh nicht verirren.«

»Schade, dann hätten wir Urlaub.«

»Hat dir unser kleines Bad nicht als Urlaub gereicht?«

»Ich meine, dann wären wir niemandem mehr Rechenschaft schuldig.«

»Aber klar doch, der Chef, ich meine, die Chefin ist immer da.«

Sie lachen.

»Immer da, um zu sagen, wo's langgeht.«

Sie lachen.

»Um uns herumzukommandieren.«

Sie lachen.

»An der kurzen Leine zu halten.«

Sie lachen.

»Schlimmer als zu Hause.«

»So, geht's los? Können wir den Motor anwerfen und zum Frachter zurückfahren?«

»Klar, es sind ja alle da.«

»21. 21, das ist trotzdem komisch.«

»Ach, Quatsch, du hast dich vorher wahrscheinlich einfach selbst nicht mitgezählt.«

»So was passiert mir nicht«, antwortet der andere.

Sie lachen.

»So was passiert mir nicht, ich sag's euch, mit Zahlen komme ich nicht durcheinander, mit Buchstaben vielleicht, diese verflixte Rechtschreibung, ein l oder zwei l, ein t oder zwei, das ja, aber nicht mit Zahlen, auf keinen Fall. Deshalb mache ich ja diesen Beruf, Zahlen liegen mir einfach, mit denen kann ich gut umgehen, Zahlen vertraue ich.«

»Und was wärst du geworden, wenn du keine Zahlen gemocht hättest, Dichter vielleicht?«

Sie lachen.

»Stimmt, das würde gut zu dir passen, Dichter.«

»Ich hab aber nicht genug Fantasie.«

»O doch, hast du doch gerade bewiesen: Du glaubst, dass die Zahlen sich verwandeln, wenn man schwimmen geht.«

»Egal, wenigstens haben wir niemanden verloren.«

»Natürlich nicht, es war ja auch nicht riskant.«

»Riskant ist es immer, wir sind hier doch nur Fliegendreck.«

»Wir sind überall nur Fliegendreck.«

»Mensch, ein echter Philosoph, ging dir etwa die Muffe?«

»Deshalb hab ich das nicht gesagt.«

»Zu meiner Zeit waren die Matrosen nicht solche Angsthasen.«

»Die hatten ja auch nicht ›Der weiße Hai‹ gesehen.«

»Nein, aber ›Moby Dick‹ gelesen.«

»Sehr witzig.«

»Warum sagst du nichts, du bist ja käseweiß.«

»Nicht jeder findet deine Witze lustig.«

»Meine Güte, wir sind doch echte Männer, oder nicht?«

»Bis wir wieder an Bord sind, sind wir nichts mehr als Plankton.«

Sie lachen.

Aber alle beschäftigt die Zahl, 21, der merkwürdige Klang dieser Ziffer. Es sind dieses Mal natürlich viele Neue dabei, ganz junge Typen, da verliert man schon mal den Überblick, sie sehen alle gleich aus, diese kleinen Muskelprotze, die geglaubt haben, sie würden Amerika entdecken oder die Welt erobern. Man weiß gar nicht mehr, mit wem man schon gereist ist. Man kann ja nichts dafür, wenn nach einem Landgang immer wieder neue Gesichter auftauchen und man mit manchen kaum gesprochen hat.

Vor ein paar Jahren waren die Verträge noch länger. Man kannte die Kollegen. Jetzt werden bei jeder Fahrt die Karten neu gemischt, als müsste man um jeden Preis Bündnisse und Sympathien verhindern. Als ginge es nur noch darum, junge Ausländer, die keine Forderungen stellen, an den Maschinen zu verheizen.

»Seht ihr sie?«, fragt einer.

»Ist sie verloren gegangen, oder was?«

»Vielleicht ist sie ohne uns verloren.«

Sie lachen.

»Ich hätte sie gern schwimmen sehen.«

»Du meinst nackt?«

»Nein, überhaupt nicht, ich meine schwimmend, sonst nichts.«

Sie lachen nicht, denken plötzlich wieder an die Tiefen, an die Kilometer unter ihnen.

»Sie ist eben vorsichtiger als wir.«

»Nicht so dumm, meinst du?«

»Nein, ich meine vorsichtiger.«

»Na, ihr Leichtmatrosen, alles klar, hattet ihr eine schöne Taufe?« Aber niemand antwortet. Stimmt, denkt derjenige, der gewagt hat, sie anzusprechen, die meisten Neuen sprechen ja gar kein Französisch.

»*Good bath*«, setzt er an, »*big, big swimming-pool* ...«

Sie lachen nicht.

»Vergiss es, hast du gesehen, wie blass sie sind, bestimmt krank, die sehen ja aus wie Gespenster.«

»*Ghosts*?«, versucht es ein anderer.

Sie lachen nicht.

»Wo ist sie denn?«

»Sie wird uns doch wohl helfen und noch eine Leiter runterlassen?«

»Reg dich ab, sie wird uns schon nicht im Stich lassen, dein Schatz.«

»Sprich nicht so über sie.«

»Sagt mal, Leute, seid ihr sicher, dass wir das Boot wieder hochkriegen, wie viele Meter sind das denn?«

»Ja natürlich, man befestigt es da und dann da und zieht es hoch.«

»Und wer soll es hochziehen?«

»Also, ich dachte, dass Rettungsboote so gemacht sind, dass sie, wenn sie einmal im Meer sind, auch dortbleiben, man soll ja schließlich nicht wieder rauf, wenn der Frachter in Flammen steht oder gerade untergeht.«

»Ach so? Und wenn uns niemand hochholt, steuern wir eine einsame Insel an?«

»Hältst du dich für Robinson, oder was?«

Sie lachen.

»Haltet lieber die Klappe und spart euch eure Kraft auf. Wir müssen wohl oder übel die Leiter hoch, wir dürfen jetzt nicht schlappmachen. Sie nimmt uns in Empfang, und wir machen mit der Arbeit da weiter, wo wir aufgehört haben.«

»Trotzdem sehe ich sie nicht.«

»Vielleicht ist sie ins Wasser gesprungen.«

»Vielleicht hat sie vergessen, dass es uns gibt.«

»Und wenn ihr etwas passiert ist?«

»Was denn?«

»Ich weiß doch nicht, vielleicht ohnmächtig geworden, irgend so ein Frauending halt.«

»Musst du immer so bescheuerte Sachen sagen?«

»Mach mal halblang, ich wollte nur die Atmosphäre auflockern, aber jetzt mal ehrlich, wenn sie sich allein an Bord verletzt hat, dann sind wir dran.«

»Wie hätte sie sich denn verletzen sollen, sie ist doch nicht im Maschinenraum, oder?«

»Soll ich dir die tausend Arten aufzählen, wie man sich auf einem Schiff verletzen kann?«

»Klar, warum nicht, dann vergeht die Zeit schneller.«

»Ruhe, helft mir lieber beim Manövrieren.«

»Langsam, wir sind zu nah am Rumpf, jetzt ist nicht der Moment, um sich aufzuspielen.«

»Ich spiele mich nicht auf, ich versuche, die Wellen schräg zu nehmen, damit wir nicht alle über Bord gehen.«

»Nur noch ein paar Meter. Wir schaffen das, Jungs.«

»Sie sind echt blass, richtig Schiss müssen die haben.«

VIII

»UND«, FRAGT SIE, »sind alle wieder heil an Bord?«
»Wir sind einundzwanzig«, sagt einer.
»Sie meinen zwanzig?«
Er antwortet nicht.

»Meine Herren«, sagt sie, »ich danke Ihnen für Ihre Schnelligkeit, ich würde Sie gerne so rasch wie möglich wieder in Dienstkleidung und einsatzbereit auf Ihren Posten sehen, natürlich stand das, was gerade geschehen ist, diese kleine Auszeit, nicht auf dem Plan und soll nicht zur Gewohnheit werden oder uns so ablenken, dass wir die Liefertermine vergessen. Deshalb möchte ich Sie bitten, dass dies eine Ausnahme bleibt; betrachten wir es als einen unbeschwerten Moment, eine Gelegenheit, die uns zusammenschweißt. Sagen Sie sich, dass es ein Geschenk ist, das ich Ihnen gerne gemacht habe, eine Anerkennung für Ihre Arbeit, für Ihre hervorragenden Leistungen, eine Belohnung für Ihre Zuverlässigkeit. Es versteht sich von selbst, dass dies weder gelockerte Umgangsformen an Bord noch eine Umverteilung der Aufgaben bedeutet. Außerdem sollte es unter uns bleiben, Sie wissen, wie schnell sich Gerüchte verbreiten und aufgebauscht werden, ich möchte nicht, dass ich als eine gelte, bei der man sich alles erlauben kann, Sie wissen, was ich meine, als eine, die das Leben ihrer Mannschaft leichtfertig aufs Spiel setzt. Sie wissen, dass das nicht der Fall ist, Sie wissen, dass ich Ihnen vertraue, und ich danke Ihnen, dass Sie sich an die Sicherheitsvorschriften gehalten haben, ich hoffe, dass niemand verletzt ist, ich hoffe ... ich hoffe vor allem, dass es schön war.«

Sie lässt den Blick flüchtig über die gut zwanzig Körper gleiten, sieht, dass sie sich schämen, nackt vor ihr zu stehen, dass ihnen die Reue über ihr Nacktsein ins Gesicht geschrieben steht. Sie weiß, sie könnte weiterreden und so die Tortur unendlich in die Länge ziehen, aber sie tut es nicht, denn sie spürt vor allem eine Gereiztheit beim Anblick der Körper in sämtlichen Schattierungen, der blauen Lippen und der ausweichenden Blicke.

Sie geht auf die Brücke und wartet, bis jeder seinen Posten eingenommen hat, um die Motoren wieder hochzufahren. Die, die sich ausruhen müssen, gehen sich ausruhen. Die anderen wenden sich wieder den Zahlen und Bildschirmen zu, den Küchen und Gängen. Dem Lärm der Maschine und der Hitze, die vergessen lässt, dass um sie herum nichts als Wasser ist.

Auf dem ganzen Schiff wird kein einziges Wort gewechselt. Alle sind so konzentriert, als entdeckten sie gerade erst die Regeln und Gesten der Schifffahrt, als hätten sie die einfachsten Handgriffe vergessen und erinnerten sich jetzt plötzlich wieder an sie. Alte Freunde, die man freudig und selbstverständlich begrüßt. Die wieder angeworfenen Radare bestätigen, dass sich das Frachtschiff nur wenige Meter bewegt hat.

Sie wird sich an die Position erinnern, beugt sich über die Karte, um diesen unspektakulären Ort im Atlantik zu markieren, wo sie so leicht von einem anderen Schiff hätten gekreuzt und ob ihres Stillstands verdächtigt werden können. Sie drückt so fest mit dem Stift auf, dass sie die Karte durchbohrt, dass an dem Ort ihres Sprungs ins Wasser ein Loch im Papier klafft, eine mögliche Öffnung, die man sich merken sollte.

Stumm schleicht der erste Offizier um sie herum, nähert sich ungeschickt, räuspert sich. Da ist sie wieder, diese Gereiztheit:

»Was ist denn, willst du mir etwas sagen?«

»Nein, nein«, er räuspert sich, »aber ist es nicht komisch, dass du vorhin zwanzig gesagt hast, ich dachte auch, dass wir zwanzig sind, und ich habe mehrfach nachgezählt und bin immer bei einundzwanzig gelandet, ich weiß nicht, wo der Fehler liegt.«

»Ich weiß es auch nicht«, unterbricht sie ihn. »Hauptsache, wir haben niemanden verloren.«

Sie will wieder ihre Ruhe haben, ihr Alleinsein hat wirklich nicht lang genug gedauert. Seit sie in den Kabinen war, verspürt sie den Drang, eine Bestandsaufnahme der von ihr zusammengestellten Gruppe zu machen, um ein klares Bild der menschlichen Stärken und Nöte hier an Bord zu erhalten. Sie nimmt den Stapel mit Akten und breitet sie auf ihrem Schreibtisch aus.

Es sind zu viele. Sie ärgert sich über ihre Nachlässigkeit. Eigentlich ist sie viel gründlicher. Eigentlich vergisst sie nie, die Unterlagen derjenigen, die letztlich doch nicht eingeschifft haben, auszusortieren. Sie weiß eigentlich immer, wo sich jeder befindet, überwacht das Gleichgewicht der auf dem Schiff verteilten Charaktere ebenso wie das Gewicht der einzelnen Container, die sie nach einem präzisen Schema hat anordnen lassen, um die Ladung gleichmäßig zu verteilen. Es kursieren Geschichten von Schiffen, die wegen eines Berechnungsfehlers mitten auf der Reise entzweigebrochen sind.

Hat jemand zusätzliche Unterlagen auf ihrem Schreibtisch abgelegt, um ihre Zählung durcheinanderzubringen? Obwohl sie sonst nie abschließt, dreht sie nun hinter sich den Schlüssel um. Wehe, wenn jemand Unordnung auf ihrem Schiff verursacht, denn das hier ist alles, was sie kennt, und alles, woran sie glaubt.

IX

ZUR ÜBLICHEN ZEIT finden sich alle zum Essen ein, pünktlich und ernst, munter oder müde. Sie tauschen sich über die letzten Details ihrer Route aus, lassen sich hier und da zu einer Bemerkung über ihr Leben an Land hinreißen.

Sie sitzt an ihrem Platz und wird nach einer Hierarchie, auf die sie gut verzichten könnte, als Erste bedient. Heute ist alles im Lot. Die Geschwätzigen schwatzen, als wollten sie ganz allein alle Gesprächspausen füllen, die Zeitfetzen zwischen gestern und heute zusammenfügen, nicht die kleinste Lücke lassen, die daran erinnern könnte, dass heute Vormittag etwas geschehen ist und ihre Körper noch davon gezeichnet sind. Die Wortkargen hören zu, essen und antworten nicht. Sie wollen das Eintauchen und Schwimmen womöglich in Gedanken noch einmal erleben.

Heute gehört sie zu den Schweigsamen. Sie mustert die Gesichter. Die Offiziere kennt sie gut, bei ihnen hat sich keine Ungenauigkeit eingeschlichen. Also steht sie auf und geht zu den Matrosen, die auf der Brücke und acht Stunden täglich an den Maschinen arbeiten. Sie schauen anders in die Welt als die Offiziere, rufen sich Satzbrocken zu, um nach einem Stück Brot zu fragen oder einen Witz zu reißen. Als sie die Messe betritt, verstummen alle und blicken sie an, dabei macht sie diese Runde öfter, um sich zu versichern, dass alles in Ordnung ist, um die Grenze zwischen den beiden Welten ein wenig zu verwischen, zwischen oben und unten, zwischen denen, die in der Finsternis schwitzen, und denen, die das Licht sehen.

»Guten Appetit, die Herren. Alles in Ordnung?«

Eine reflexartige Frage, die keine echte Antwort verlangt. In der darauffolgenden Stille mustert sie die Männer, macht sofort einen Neuen aus, den sie nicht kennt, einen blonden jungen Mann, der ein wenig abseits von den anderen sitzt. »Der, der vom Bildrand auf die Szene blickt«, denkt sie spontan, als wäre jetzt der Moment, sich mit Bildbetrachtung und -komposition zu befassen.

Sie nimmt sich vor nachzuschauen, wer er ist, wo er herkommt und auf welchem Posten er arbeitet. Sie versucht, sich an seine Bewegungen im Wasser zu erinnern, aber sie bringt die Eigenheiten der einzelnen Körper durcheinander. Sie deutet ein Lächeln an und verlässt die Messe. Es überrascht sie nicht, dass hinter ihrem Rücken ein paar Worte in einer unbekannten Sprache gewechselt werden, dass gelacht wird.

»Ich habe alle Unterlagen überprüft, alles bestens«, sagt sie, als sie sich wieder neben den ersten Offizier setzt. »Von Anfang an einundzwanzig, ich habe alle Ausweise, ein Fehler ist ausgeschlossen.«

Sie weiß selbst nicht, warum sie lügt, im Scherz oder als Provokation, oder um die Wirklichkeit allein durch ihre Worte wieder in die richtige Spur zu lenken und alle Ängste wegzuwischen.

Sie sind nicht in Verzug geraten. Sie müssen nur die Motoren ein wenig hochdrehen, um pünktlich im Zielhafen einzulaufen und wie immer den Frachter einige Tage an der Anlegestelle zu vertäuen, bis die Waren ent- und neu aufgeladen wurden, der Tausch von globalisiertem Ramsch gegen ein paar regionale Früchte, die Berechnung von Masse und Gewicht, das Verladen der Kisten und das Geräusch von aufeinanderprallendem Metall, das, wenn nötig, die ganze Nacht hindurch ertönt.

Sie muss die immer gleichen Formalitäten erledigen, Nachweise erbringen und die üblichen Unterlagen bereithalten, um in den Zielhafen eingelassen zu werden: die vertraulichen Dokumente über die mitgeführten Waren und deren Gefährlichkeitsgrad, über den sie mit niemandem in der Mannschaft spricht. Sie übermittelt die technischen und wirtschaftlichen Daten, das Woher und Wohin, die Art der Ladung und die Verträge. Sie weiß, dass sie an einem absurden und ewigen Tanz mitwirkt, dem des internationalen Handels und des Geldes, das verdient wird, wenn im Hafen Container gehoben und umgeladen werden, wenn sich im Maschinenraum Männer mit den Schweröldämpfen acht Stunden am Tag das Gesicht versengen.

Sie spürt erneut, wie es sie beruhigt, wieder zu arbeiten, sie mag Zahlen, Entscheidungen, die getroffen, und Papiere, die unterzeichnet werden müssen. Sie mag das Gefühl, dass es auch ein bisschen ihr zu verdanken ist, wenn das Schiff sich vorwärtsbewegt. Doch plötzlich hält sie inne. Holt den Stapel mit den Akten wieder hervor, für die jeder Matrose Ausweis und ärztliche Bescheinigungen, amtliche Dokumente und Informationen zum Berufsleben vorgelegt hat.

Also? Wer bist du, Überzähliger? Bist du es, blonder Junge vom Bildrand? Aber wie gründlich sie die Schubladen des Büros, in das sie sich abermals eingeschlossen hat, auch durchsucht, sie findet keine Unterlagen, die zu diesem jungen Mann gehören könnten. Wenn er ein blinder Passagier wäre, warum sollte er sich unter die Matrosen mischen und plötzlich während der Überfahrt auftauchen, eine knappe Woche vor Ankunft, wenn er genauso gut noch ein paar Tage in der Kabine des Komplizen hätte ausharren können? Und warum diese Fahrt weg von Europa, die kein Eldorado ansteuert?

Die Unterlagen jedes Einzelnen mit Namen und Foto ergeben auf dem Schreibtisch die gleiche magische Unordnung wie zuvor die Körper im Wasser, das gleiche zufällige Nebeneinander mit unbekannten Folgen. Sie ist sich inzwischen sicher, dass dem Schwimmen ein bestimmtes Ordnungsprinzip zugrunde lag, über das sie noch lange nachgrübeln wird. Eine einhellige, elektrisierende Freude, die sie noch immer durchströmt.

Es könnte der perfekte Moment sein, in dem jedes Element ihres Lebens einen beruhigend logischen Platz einnimmt, wäre da nicht diese schiefe, ungerade Zahl, wie ein Klotz am Bein, der sie in ihrer lästigen Angewohnheit, über den Dingen zu stehen, behindert.

Was ist bloß zusammen mit ihren Matrosen an Bord gelangt? Die zu hohe Zahl, dieser Zweifel, wo es keinen geben dürfte, denn Zahlen sind dazu gemacht, dass man sich auf sie verlassen kann. Die unendliche Müdigkeit. Oder der blonde Matrose, dessen Unterlagen sie bestimmt nur verlegt hat und den sie für einen Fehler hält, wo er doch vielleicht lediglich einer Unaufmerksamkeit geschuldet ist.

Sie könnte bei der Hafenbehörde anrufen, um mehr über die letzten Neuzugänge zu erfahren, über einen jungen Mann – wahrscheinlich aus Osteuropa, mit kleinen Augen, die so durchsichtig sind, dass sie ihn eigentlich früher hätte bemerken müssen –, um zu erfahren, warum er hier ist, auf ihrem Schiff, das sich mitten auf dem Atlantik langsam wieder in Bewegung setzt.

Stattdessen verstaut sie die Unterlagen in einer Schublade, die sie abrupt wieder zumacht und dann abschließt. Eine neue Angewohnheit.

Nachdem sie eine Stunde lang Berichte verfasst und Unterschriften geleistet hat, lässt sie ihre Hände auf den Schreibtisch sinken: eine Karte mit einem Netz aus Venen und Falten. Ein Land, das sie seit achtunddreißig Jahren erkundet, ohne sich dessen wirklich bewusst zu sein, mit Fingernägeln, die so scharfkantig sind wie Felsspitzen. Sie betrachtet ein Fingerglied nach dem anderen und schaut dann durch die Haut hindurch, bis ins Fleisch hinein.

Sie sieht den Tisch durch ihre Finger hindurch, eine feste und solide geologische Schicht. Sie bohrt tiefer, will den Dingen auf den Grund gehen, bis zum Teppichboden unter dem Tisch, der schon von so vielen Männerschuhen platt getreten wurde und einmal die Woche vorschriftsmäßig gereinigt wird. Dann sieht sie das Metall, das die verschiedenen Etagen des Schiffes voneinander trennt und so gut es geht die Offiziere von den Matrosen und die Büros von den Kojen abschottet. Sie schaut hindurch bis zu den leeren Kabinen darunter und der, in der ein Mann schläft, weil er letzte Nacht gearbeitet hat. Ihr Blick durchbohrt den schlafenden Mann und stößt durch sein zerwühltes Bett, seine auf dem Boden verstreuten Kleider und den Teppich, der hier dünner, schlechter in Schuss, verschlissener ist, wieder auf das Metall. Sie gräbt weiter und gelangt zur Maschine mit all den Schläuchen und Kolben, Dämpfen und Flüssigkeiten. Sie verweilt einen Moment bei den Bildschirmen und Hebeln, an denen sich ein paar Schiffsmechaniker in ihren Blaumännern zu schaffen machen. Als sie durch sie hindurchschaut, spürt sie deutlich ihre müden Beine, aber sie hält sich nicht damit auf und bohrt tiefer, bis auf den Grund des Schiffes.

Dann folgt die letzte Bodenplatte, goldbraun wie Schuppen, und direkt darunter: ein großes Herz, quicklebendig, ein riesiges Stück rotes Fleisch, das sich in dumpfen Schlägen zusammenzieht, die durch den Schiffsrumpf noch verstärkt werden. Sie sieht das Blut, das aus dem Herzen strömt und den ganzen Frachter von unten versorgt, ein Netz aus blauen und roten Adern, ein Gewebe aus Venen und Äderchen, damit das Schiff schwimmt.

Das also war das Grollen. Das also brummte seit Tagen unter ihren Füßen, unter ihrem Bett. Ein Herz, das unter ihrem schlägt. Sie hört es jetzt so deutlich, dass sie ein wenig gerührt ist. Wenn das Schiff beschleunigt, schlägt es immer heftiger. Es wird von Freude und Wut durchzuckt, würde manchmal am liebsten aufheulen. Es rast. Hört nicht auf zu schnaufen.

Sie lauscht diesem Körper. Ausgerechnet sie, die nie auf ihren eigenen Körper gehört hat.

Nun befreit auf dem Meer, in dieser gleitenden Vorwärtsbewegung, ist es euphorisch. Im Hafen hingegen kann es sich, so wie sie, nur mühsam beherrschen, stöhnt vor Untätigkeit, vor Bewegungslosigkeit, ein gegängeltes, beladenes Tier, angekettet und eingeklemmt zwischen den Portalkränen. Ein braves, gezähmtes Pferdchen.

Dabei ist es ein wildes Tier, das sich Städten nur widerwillig nähert, wie die Matrosen, die nur an Land gehen, weil man sie dort erwartet, damit ihr Körper unter einem Baum begraben werden kann, um den Sieg der Erde über das Wasser zu symbolisieren.

Sie will ihre Hände an die Hüften des Tieres legen, dessen Wärme spüren, sich von der Erregung mitreißen lassen, liebestoll, ihre Finger in die bebende Haut krallen. Mit geöffneten Handflächen gibt sie sich diesem Gleiten auf dem Meer hin, diesem Ziehen zwischen den Lenden.

X

DIE DURCHSICHTIGEN AUGEN sind das Erste, was sie wahrnimmt, als sie ihre Bürotür wieder öffnet, um zur Brücke zu gehen. Diese durchsichtigen Augen, die sie anstarren, bis sie am Ende eines Gangs verschwinden. Die Kühle dieser Augen und ihre nebelweiße Farbe behagen ihr ganz und gar nicht.

»Entschuldigen Sie?« Sie hat die Stimme ein wenig gehoben, und der junge Mann kommt zurück. »Könnten Sie mir noch mal sagen, auf welchem Posten Sie arbeiten? Dies ist ja offenbar unsere erste gemeinsame Fahrt. Arbeiten Sie schon lange für die Reederei?«

Als Antwort zuckt er unglaublicherweise nur mit den Schultern und deutet auf seine lächelnden Lippen.

»Ach, Sie sind, Entschuldigung, ich wusste nicht, dass Sie stumm sind.«

Er zuckt wieder mit den Schultern, dreht sich sehr langsam um und geht weiter über den Gang bis zur Treppe zum Maschinenraum.

Sie fühlt sich furchtbar lächerlich nach ihrem Gestammel; solche Momente hält sie normalerweise in einem schwarzen Heft fest, das sie einmal im Jahr vernichtet und dabei alle guten Geister des Vergessens beschwört.

Sie möchte den ersten Offizier rufen. Dass er gleich zu ihr komme und Zeuge dieser Begegnung wäre, um ihr eine Erklärung dafür zu geben. Sie möchte laut nach ihm rufen, damit er vom anderen Ende des Schiffes herbeigeeilt käme. Aber um diese Zeit ist niemand in der Nähe ihres Büros. Alle sind auf ihrem Posten.

Sie fragt sich, ob sie diesem blassen Jüngling bis zu seiner Kabine folgen, ihre Autorität geltend machen und ihm so lange zusetzen soll, bis er redet, oder ob sie sich einfach würdevoll wieder aufrichten und dieses sprachliche und kulturelle Missverständnis, um das es sich nur handeln kann, nicht als Beleidigung auffassen soll. Es ist ja nicht das erste Mal, meine Liebe, dass eine Botschaft nicht ankommt, dass du nicht die richtigen Worte findest, um mit den Jüngsten zu reden, diesen unergründlichen Matrosen, die aus Abenteuerlust oder schlicht, um zu überleben, einschiffen und nichts von der Seefahrt verstehen. Ach, meine Liebe, das weißt du doch: Wenn jemand die Regeln deiner Welt nicht kennt – und offenbar auch nicht kennen will –, stehst du plötzlich mit dir und deinen Marotten allein da.

Sie drückt den Rücken durch – der Flur ist aber auch stickig – und geht so gelassen wie möglich zur Brücke.

»Kapitänin, schauen Sie mal. Was ist das?«

Kaum hat sie die Tür geöffnet, wird sie auch schon angesprochen, erwartet man wie immer von ihr, eine Lösung für alles zu haben. Sie braucht ein paar Sekunden, um zu begreifen, wovon der Steuermann spricht, ist vor allem überrascht, dass er sein Schweigen bricht. Sie bemerkt seine deutliche Aussprache und näselnde Stimme.

»Was soll das heißen, ›Was ist das‹? Hast du noch nie Nebel gesehen?«, unterbricht sie ihn. Es reicht ihr, sie will sich nicht mehr von irgendwelchen Ängsten beherrschen lassen, will keine Zweifel mehr in irgendwelchen Augen sehen, sie will, dass die Zahlen und Landschaften wieder ihren Platz einnehmen.

»Natürlich habe ich schon mal Nebel gesehen«, entgegnet er, »aber nicht hier und nicht so plötzlich ... Sollen wir nicht lieber ausweichen?«

»Was sagt der Wetterbericht?«

»Dass hier nichts ist. Klare Sicht im gesamten Gebiet.«

»Der Wetterbericht ist nicht unfehlbar. Wir fahren weiter. Geradeaus.«

Sie spürt, dass er sich verspannt und dass sie gerade im großen Spiel des Vertrauens all ihre Punkte verloren hat. Aber für den Moment sieht sie nicht ein, warum sie auf die Ängste und den Aberglauben jedes Einzelnen eingehen sollte. Auf anderen Strecken hat sie auch schon weiße Nebelmassen und kalte Dunstschwaden durchkreuzt.

Sie hatte es einfach nicht gesehen. Während sie sich im Büro und auf dem Gang aufhielt, hatte sie eine Stunde oder zwei nicht nach draußen geschaut. Sie hat also die Verbindung mit dem Wesentlichen, mit dem Ozean und seiner Beschaffenheit, seiner Farbe und seiner Struktur verloren. Durch die großen Scheiben nimmt sie nun endlich auch die Außenwelt wahr und sieht, dass der Horizont tatsächlich verschwunden und von einem weißen Himmel verschluckt worden ist.

Als müsste immer alles über die Haut gehen, damit sie versteht, was mit ihr geschieht, öffnet sie die Metalltür und tritt hinaus. Sie will die Konsistenz und Temperatur dieses Nebels fühlen. Das hier wird ihr ganz persönliches Eintauchen.

Die Feuchtigkeit dieses geballten Sturms überrumpelt sie. Es fühlt sich an, als hätte sich eine Wolke um sie alle gewickelt, und sie versucht instinktiv, sie mit gespreizten Fingern zu erhaschen. Weiße Zuckerwatte, die so dicht ist, dass sie beinahe süßlich schmeckt. Da niemand sie sehen kann, streckt sie die Zunge hinaus, um zu probieren; lieber jetzt noch ein paar kindlichen Reflexen nachgeben, wenn man schon ahnt, dass bald Schluss mit lustig ist.

Je weiter sie sich von der Tür entfernt, desto schwerer fällt ihr das Atmen. Es fühlt sich an, als würde sie bei jedem Zug literweise Wasser einatmen, aber sie hat so viele Jahre mit dem Salzgeschmack auf der Haut gelebt, dass sie bei diesem spontanen Aufeinandertreffen von Luft, Himmel und Ozean nicht in Panik gerät.

Sie macht noch ein paar Schritte. Es müsste sehr viel mehr geschehen, damit sie auf diesem Schiff, das genauso aufgebaut ist wie alle anderen Schiffe und das sie gefahrlos mit geschlossenen Augen überqueren könnte, die Orientierung verliert.

In der weißen Masse ist das Gleichgewicht jedoch schwer zu halten, deshalb streckt sie die Hände vor und geht langsamer. Es hätte gerade noch gefehlt, dass der Seegang sich einen Spaß erlaubt und sie zu Fall bringt. Aber niemand scheint zu Scherzen aufgelegt, die Wellen sind hier sogar erstaunlich flach.

Um sich herum hört sie Stimmen: Einige Männer sind auch nach draußen gegangen; sie sind vorsichtiger als sie, gehen zu zweit oder dritt über die Außengänge und halten sich dabei an den Schultern. Sie strecken die Hände in alle Richtungen aus, um den Nebel zu fangen, betasten ihn, als wäre es ihr erster Schnee, und ziehen dann die Hände wieder zurück. »Wovon müssen die sich denn noch reinwaschen«, ist die absurde Frage, die ihr zu den nur wenige Schritte entfernten Männern kommt.

Die anderen sind drinnen geblieben, hinter den Scheiben, der kollektive Schwung ist vom Misstrauen ausgebremst worden. Diese Matrosen, denen eine unbekannte Wetterlage die Sehkraft geraubt hat, hatten noch keine Zeit, andere Werkzeuge zu finden als Wachsamkeit und Klagen.

Auf der Brücke muss der Steuermann sich seine plötzliche Nutzlosigkeit eingestehen und sich auf die Radare verlassen, die sich weniger schnell einschüchtern lassen. Ein Matrose, der gerade seine Pause beendet, glaubt, noch auf seiner Liege zu träumen. Wie kann er denn sicher sein, dass nicht einfach seine Lider zu schwer sind? Denjenigen, für die es die erste Reise ist, schnürt sich die Kehle etwas enger zu, aber so ergeht es ihnen schon seit der Abfahrt, sobald etwas von der Vorstellung abweicht, die sie sich von dem Beruf oder seinen Kulissen gemacht hatten. Die erfahreneren Matrosen tun den Nebel einfach als Unannehmlichkeit ab – wie alles, was ihnen ein konzentrierteres Arbeiten abverlangt, wo sie sich doch gerade ans Treibenlassen gewöhnt hatten.

»Man könnte meinen, dass es aus einem alten Gespensterlaken geschneidert ist«, so der zweite merkwürdige Gedanke, der ihr kommt, und sofort erinnert sie sich an jene wiederkehrenden Träume, aus denen sie mit klopfendem Herzen erwacht. Von einem unsichtbaren Wesen in einem Zimmer, das die Gardinen bewegt oder die Möbel ein wenig verrückt, ein Schatten auf der Fensterbank, ein heimtückischer Luftzug, der ihr Angst einjagen will. Wenn sie den Traum wieder einmal träumt, versucht sie, genau auf die unsichtbare Macht zu achten, die ihr vielleicht etwas offenbaren will, denn so ist das doch angeblich bei manchen Träumen, aber es passiert nichts, kein Hinweis darauf, wer das Buch herunterfallen lässt und den Sessel verrückt. Manchmal meint sie, es ist eine Hand, die sich ihr Nacht für Nacht vergeblich auf den Rücken legen will.

Auch jetzt wartet sie gespannt: Vielleicht muss sie nur den Nebel lesen können, um ein Zeichen oder eine Erklärung zu erhalten. Nur die Hand ausstrecken und endlich den wiederkehrenden Vorhang aus dem Traum wegziehen, um zu erfahren, was sich dahinter verbirgt. Aber alles bleibt hartnäckig blind und stumm, und ihre Augen brennen von der Anstrengung, das milchige Weiß zu durchdringen.

Mit Sicherheit kann sie nur sagen, dass es unter ihren Füßen immer noch pocht, dass dieses rote Schlagen unter der weißen Masse andauert. Eine Kraft, die das Metall unmerklich erwärmt und erweicht.

Halte durch, Tier-Schiff. Die Dinge sind heute nur ein wenig aus den Fugen geraten. Wenn du mir vertraust, kehren wir bald wieder zur ruhigen Version der Geschichte zurück.

Während sie spricht, erinnert sie sich plötzlich wieder daran, dass sie die Kapitänin ist. Sie weiß nicht, wie lange sie schon so reglos im Nebel steht. Um sie herum sind die Stimmen längst verstummt, alle haben sich wieder an die

Arbeit gemacht. Sie weiß doch, dass die Verzauberung nur von kurzer Dauer ist, dass man sich bei jeder Reise sogar an die spektakulärsten Anblicke gewöhnt.

Sie macht kehrt und tastet sich zur Tür zurück. Plötzlich scheint ihr draußen das Risiko zu groß, dass irgendetwas sie streift, am Kragen packt und in einen Ozean der Absurditäten zerrt. Indem sie zurück ins Innere des Schiffs tritt, begibt sie sich auf die andere Seite der Grenze, die den Nebel von der Normalität trennt und auf der Brücke ein Atemloch geschaffen hat.

Der Steuermann hat sich nicht vom Fleck gerührt, scheint ganz vertieft in die konzentrischen Kreise auf dem Bildschirm. Vielleicht war sie doch nicht so lange weg.

»Was sagen die Radare?«

»Nichts. Schauen Sie: Wir sind allein in dieser weißen Wüste.«

XI

»KAPITÄNIN, KAPITÄNIN, siehst du denn nichts kommen?«

Sie zuckt nicht zusammen, als der erste Offizier plötzlich hinter ihr spricht. Ohne ihn gehört zu haben, hatte sie gespürt, dass er sich näherte, wusste, dass er bald da sein würde, um Licht ins Dunkel ihrer Gedanken zu bringen.

»Ich sehe nur den Ozean, der weiß geworden ist, und den Himmel ... der auch weiß ist.«

»Merkwürdiger Baumwollfetzen.«

»Verrückt, oder? Man sieht nicht mal mehr die Container.«

»Ja. Die Mannschaft macht sich Sorgen. Normalerweise gibt es hier nie Nebel.«

Sie dreht sich zu ihm um. Sie kennt ihn gut genug, um zu wissen, dass er diese Sorgen sehr behutsam angesprochen hat. Er wird sich verpflichtet fühlen, im Namen einer plötzlich verunsicherten Mannschaft mit ihr zu reden, und jedes einzelne Wort sorgfältig abgewogen haben.

Ohne zu drängen, scheint er auf eine Antwort zu warten. Sie würde gerne seine Hand drücken, um ihm für seinen Takt zu danken.

Mit einer Kopfbewegung fordert sie ihn auf, zur Karte zu treten, und wundert sich über das Loch, das sie vor ein paar Stunden selbst hineingebohrt hat.

»Ich weiß, dass sich alle Sorgen machen. Ich habe mir viele Gedanken gemacht; rund um unsere Position findet sich keine Landmasse und kein Hindernis. Es muss sich um eine plötzliche Temperaturveränderung handeln. Wir müssen uns angesichts des Klimawandels wohl an solche Wetterlaunen gewöhnen und wachsam bleiben.«

Bevor er antworten kann, fährt sie fort, als wäre ihr gerade spontan etwas eingefallen:

»Haben wir eigentlich einen taubstummen Matrosen in der Mannschaft? Bei den Rumänen oder Polen, den Neuzugängen, die an den Maschinen arbeiten? Ein blonder junger Mann, mit so ... Augen. Sagt dir das was?«

Sie hat ein wenig zu schnell und wieder mit dieser zu schrillen Stimme gesprochen, die nicht zu ihr passt, weshalb sie jedes Wort sofort bereut.

»Ich glaube nicht«, antwortet er, »ich habe vor der Abfahrt mit jedem Einzelnen gesprochen. Warum? Gibt es ein Problem?«

»Kein Problem. Ist mir nur so durch den Kopf gegangen.«

»Da ist noch etwas, Kapitänin.«

Sie schaut zu ihm auf, überrascht von dem leicht veränderten Tonfall und davon, dass er sie auch in dieser ernsten Lage noch Kapitänin nennt; dieses Spielchen zwischen ihnen, obwohl sie sich an Land sogar beim Vornamen nennen und manchmal an einer Bartheke in der Stadt, in der sie beide leben, in Reiseerinnerungen schwelgen.

»Wir kommen offenbar nicht wieder auf Geschwindigkeit. Wir überprüfen gerade alles, aber bisher wurde kein technisches Problem festgestellt. Natürlich haben wir genug Treibstoff, und es gibt auch kein Leck.«

»Gut.«

Sie hält einen Moment inne, denn in ihrer Brust hat sich etwas zusammengezogen und dieses Gefühl behagt ihr ganz und gar nicht.

»Sucht weiter und haltet mich auf dem Laufenden.«

»Ich mach jetzt Pause«, verkündet der Steuermann, ein paar Minuten nachdem der erste Offizier die Brücke verlassen hat.

»Sie haben recht. Das sollte ich auch. Ich habe gar nicht mitbekommen, dass die Ablösung schon da ist.«

Sie weiß, dass die Kabine sie gegen nichts abschirmen wird, schon gar nicht gegen ihre quälenden Gedanken. Sie geht trotzdem nach unten, spritzt sich Wasser ins Gesicht.

Sie legt sich auf den Boden, um wieder den Herzschlag der Maschine zu spüren.

Binnen weniger Stunden sind sie um mehrere Knoten langsamer geworden. Die Nebelschwaden stoßen sie ab wie ein Magnet, wollen sie auf eine andere Route zwingen. Wehe dir, o Meer, wenn auch du uns zurückweist wie das verräterischste Ufer.

»Wir haben die Motoren voll aufgedreht, aber es ist nichts zu machen. Man hat fast den Eindruck, dass das Schiff selbst über seine Geschwindigkeit bestimmt«, hatte der erste Offizier gesagt, dabei die Augen zusammengekniffen und ein wenig gelacht.

»Du magst doch Herausforderungen.«

Sie hatte sich ein Lächeln abgerungen.

Was machst du nur mit uns? Wovor hast du Angst, du Tier-Schiff? Was willst du uns sagen? Was willst du uns zeigen? Hält dich dieser Nebel zurück? Hast du dich verselbstständigt, als wir vorhin die Motoren abgeschaltet haben? Tier-Schiff, ich hoffe, dass du nicht krank bist, dass du uns nicht mitten auf dem Ozean im Stich lässt, dass du nicht so todmüde bist wie ich.

Na los, Tier, antworte. Du siehst doch, dass ich dir zuhöre. Ist dir auch eine verrückte Idee gekommen? Wirst du plötzlich wie ein Wal abtauchen und uns mit in die Tiefe reißen?

Sie liegt auf dem abgewetzten Teppich in ihrer Kabine und schaut durch die Decke in den Himmel und auf die brennende Sonne hinter dem Dunst. In den letzten Stunden ist es furchtbar heiß geworden, noch wärmer als heute Morgen, als der Schwimmentschluss gefasst wurde. Mit einer Hand knöpft sie ihre Bluse auf, sucht nach etwas Leichterem zum Anziehen. Sie löst ihre Haare, um die Schultern zu verbergen. Sie atmet ein und stellt fest, wie schwer und feucht die Luft trotz der Klimaanlage, der Gebläse und der Thermostate ist, die einen in der Illusion wiegen, dass man sich nicht ständig vom Klima, von tropischen Brutkästen und eisigen Strömungen plagen lassen muss. Draußen ist es auch nicht besser, dort schnürt einem der Geruch von Salzwasser und Treibstoff die Kehle zu. Sie müsste es so machen wie die Männer vorhin: tauchen, schwimmen, ihre eigene Bahn ziehen. Sie müsste ein für alle Mal Nase und Mund mit Meerwasser volllaufen lassen und sich das Maschinenöl vom Leib waschen.

XII

BINNEN WENIGER STUNDEN hat sich ihre Aufmerksamkeit vom abstrakten Blau auf die konkreten Aufgaben verlagert; jeder mobilisiert sein Wissen, sämtliche Fachwörter und technischen Handgriffe, um den Schaden aufzuspüren. Doch während sie sich mit aller Kraft auf einen Schaltkreislauf oder die Form einer Schraubenmutter zu konzentrieren versuchen, spuken ihnen andere Geschichten im Kopf herum, eine Flut von Erzählungen, fremden Abenteuern auf See, die von Generation zu Generation weitergetragen werden, um an stürmischen Abenden zu erschauern.

Während immer mehr widersprüchliche Ergebnisse eingehen, gelingt es ihnen nicht, die Geschichten über den Atlantik und über Atlantis, über gefährliche Dreiecke und Geisterschiffe zu verdrängen.

»Wir können nichts Ungewöhnliches feststellen. Es müsste alles funktionieren.«

»Als ich Student war«, sagt ein großer, hagerer Typ ein wenig aufgekratzt, »ging so eine Geschichte um. Ein echtes

Staatsgeheimnis. Es war unmöglich zu erfahren, was wirklich passiert ist. Ein Frachter, der auf dem Weg zu den Azoren war, ist plötzlich nach Norden, Richtung Neufundland, abgebogen. Es konnte kein Kontakt zur Besatzung hergestellt werden. Eine Woche lang wusste niemand, ob sie tot oder lebendig waren, ob sie irgendwann anhalten oder ob sie an einem Riff zerschellen würden. Man munkelte von einer Entführung, von einer Geiselnahme, aber es wurden keine Forderungen gestellt und Gewalt schien auch keine im Spiel zu sein. Ich weiß nicht, ob man andere Schiffe losgeschickt hat, die Polizei und der Zoll müssen ja irgendetwas unternommen haben. Kurz und gut, eines Tages hält das Schiff an, die Mannschaft ist vollzählig und keiner kann erklären, wieso sie plötzlich vom Kurs abgekommen sind. Es muss etwas passiert sein, das geheim bleiben sollte, etwas, das man lieber nicht wissen wollte.«

»Worüber redet ihr da?«

»Nichts, nur unser Experte für Spukgeschichten packt aus.«

»Lacht nur, aber könnt ihr mir vielleicht sagen, ob schon jemand den Fehler gefunden hat?«

»Ich hab auch noch eine Geschichte«, setzt ein Schüchterner das Gespräch fort, jetzt, wo die großen Erzählungen herausgekramt werden, die gerade genug ausgeschmückt werden, dass die Leute während der x-ten technischen

Kontrolle bei der Stange bleiben. Die Geschichte von einer Mannschaft, die sich plötzlich gegen die Vorgesetzten auflehnte, nicht den eigentlichen Zielhafen ansteuern wollte und einen Schiffbruch fingierte, um sich mit einem Teil der Fracht gemütlich auf einen anderen Kontinent abzusetzen.

»Bei so was bin ich raus. Überlegt mal, was wir geladen haben.«

»Woher weißt du denn, was wir geladen haben?«

»Da braucht man nicht viel Fantasie: T-Shirts made in China, Möbelsets und literweise Cola.«

»Weizen. Und Früchte in den Kühlräumen.«

»Vielleicht Gefahrgut, große radioaktive Batterien.«

»Kennt denn keiner die Geschichte vom Vater unserer Kapitänin? Er war in den Achtzigern auch bei der Reederei.«

»Ach lass, das ist doch ein Gerücht, es wurde nie etwas bewiesen.«

»Es ist eine Legende, mein Guter, und seit wann darf man auf einem Schiff keine Legenden mehr erzählen?«

»Na los, erzähl, ich kenne sie nicht.«

»Er war ein großer Kapitän, der schon viel erlebt und die Welt gesehen hatte und den man für so manche Sturmdurchquerung rühmte. Eines Tages war er bei schönstem Wetter auf dem Weg nach Südamerika.«

»Du fantasierst dir da gerade einiges zusammen, aber erzähl ruhig weiter.«

»Nein, wirklich, ich schwör's, es ging nach Argentinien. Also, die Reise verläuft ganz normal, man funkt die Ankunft des Frachters nach La Plata durch, der Lotse hält sich bereit, um ihnen entgegenzukommen. Und dann: Schweigen. Ein, zwei, drei Tage keine Nachricht, kein Kontakt, und vor allem sichtet kein anderes Schiff sie in dem Gebiet, in dem sie doch schon angekommen waren. Alle werden unruhig, man organisiert Taucher und Rettungsmannschaften. Und plötzlich, nach einer knappen Woche, senden sie wieder ein Signal, das Schiff ist immer noch am gleichen Ort und läuft wie vorgesehen ein, nur eben mit einer kleinen Verzögerung. Eine Woche, die sich in den verschlungenen Pfaden der Raumzeit verloren hat.«

»Und was haben die Matrosen dann erzählt?«

»Sie haben offenbar gar nichts Ungewöhnliches bemerkt und waren ganz verdutzt über die aufgelöste Begrüßung. Vor allem aber hat wohl der Kapitän mehrere Jahre lang kein Wort mehr gesprochen. Man weiß nicht, was er gesehen hat, aber er war nie wieder derselbe.«

»Tja, das kann man aber leicht nachprüfen. Jemand an Bord muss diese Geschichte besser kennen als wir.«

»Dann frag du sie doch.«

»Lasst sie in Ruhe.«

Aufgemuntert durch die Geschichten und voller Fragen machen sie sich lächelnd wieder an die Arbeit. Sie sind wie Insekten, die ihr Universum mit einer gegen jedes Geheimnis gewappneten Strenge in Gang halten. Sie finden einen fehlenden Bolzen, einen winzigen Riss im Tank, sie überprüfen, schalten vom automatischen in den manuellen Modus, vertrauen nur noch auf ihre Hände, die in der drückenden Hitze des Maschinenraums Schalter umlegen und Kolben in Bewegung setzen. Sie lesen in den Betriebsanleitungen nach, zermartern sich das Hirn, um sich Sonderfälle, kleine Fehler im System in Erinnerung zu rufen, vor denen man sie gewarnt hat.

Vier Stunden lang arbeiten sie hoch konzentriert und in vollkommener Stille.

Beim Gedanken an die Frage, warum die Zahlen auf den Armaturen weiter sinken, bricht ihnen der Schweiß aus; sie wissen, dass bei diesem Tempo in ein paar Stunden die Motoren schweigen und sie sich mitten auf dem Ozean winzig und verloren fühlen werden. Die Nebelbank wird ihr einziger Horizont sein. Und das wollen sie um jeden Preis verhindern.

Manche sind schon jetzt verärgert, dass man sie den Fehler suchen lässt, ohne ihnen zu helfen, ohne andere Schiffe zu kontaktieren, damit ihnen deren Ingenieure mit frischem Blick und Ersatzteilen beispringen könnten. Halbherzig suchen sie weiter, warten darauf, dass man ihnen sagt, es sein zu lassen, dass die Spannung abfällt und sie sich abschleppen und retten lassen können. Sie hoffen, dass sie ihre Zweifel und ihre Müdigkeit bald fremden Händen anvertrauen können.

Aber das Frachtschiff fährt weiter. Es ist kein Totalausfall, nur eine Verlangsamung, eine Trägheit, eine Unmöglichkeit, die Geschwindigkeit zu beeinflussen. Man darf sich noch nicht geschlagen geben, sich nicht für schiffbrüchig und den Gezeiten ausgeliefert erklären; noch kann die Notrakete warten.

Das Schiff durchkreuzt stetig die Wellen und Fischschwärme, summt sein mechanisches Lied, hat sich einfach nur verselbstständigt, macht die Menschen überflüssig und lässt sie es spüren.

»Stehen wir mit der Außenwelt in Verbindung? Hat jemand auf den Bericht reagiert, den sie geschickt hat?«

»Welcher Bericht denn?«

»Sie wird doch einen Bericht verfasst und etwas gemeldet haben, mit den Ämtern und Hafenbehörden in Kontakt sein.«

»Ja, wahrscheinlich.«

»Niemand weiß etwas? Niemand hat sie gefragt? Wo ist sie überhaupt? Hat sie sich wieder in ihrem Büro eingeschlossen? Das gefällt mir gar nicht.«

»Keine Panik, sie arbeitet, sie sucht auch nach dem Fehler.«

»Wisst ihr, vorhin«, sagt einer leise, damit ihn nur seine französischen Kollegen verstehen, »vorhin beim Schwimmen dachte ich, dass sie alleine weiterfahren und uns im Stich lassen würde. Kleine Fische im falschen Glas. Und jetzt das ...« Er zögert ein wenig, fasst sich, weiß, dass er

Spott riskiert. »Jetzt habe ich Angst, dass sie etwas mit uns vorhat. Dass sie etwas Böses mit uns vorhat.«

Wider Erwarten ist niemandem zum Lachen zumute; es antwortet nicht einmal jemand.

XIII

IN EINER JACKENTASCHE bewahrt er einen Stein auf. Einen grau-weißen Kiesel, den er am Strand aufgelesen hat, um ihn übers Wasser springen zu lassen. Er wollte seinem Sohn zeigen, wie man mehrere Hüpfer hintereinander schafft, und hielt inne, als der Kleine beim Anblick eines roten Frachters am Horizont plötzlich ernst wurde.

»Kommen die Schiffe, die losfahren, eigentlich immer zurück?«

»Willst du wissen, ob ich auch immer von meinen Reisen zurückkommen werde?«

»Nein, ich will wissen, ob es Schiffe gibt, die nie zurückkommen.«

»Früher, ja, da gab es Schiffe, die auf dem Meer verschollen blieben, sie waren weniger stabil als heute und man hatte keine Funkgeräte, um bei einem Problem Bescheid zu sagen. Heute kommen die Schiffe zurück. Und sie kommen immer schneller zurück. Ich habe dir doch schon mal gezeigt, wie schnell Schiffe fahren können.«

Der Stein war als Mahnung an diese bange Frage in seiner Tasche geblieben.

Der erste Offizier legt den Stein auf den Tisch und tippt eine SMS, die erst gesendet werden wird, wenn sie wieder in Landnähe sind. Er löscht die Nachricht. Beginnt von vorn. Er weiß, dass jedes Wort Angst oder Wut auslösen kann, wenn es nicht sorgsam gewählt ist, zu vage oder achtlos klingt. Wenn es im falschen Moment kommt. Er weiß, dass die Stille zwischen zwei Nachrichten Eifersucht, einen gequälten Ausdruck in den schwarzen Augen seiner Frau auslöst. Was er auch tut, er wird sie verletzen. Er schreibt, dass er heute mit den Untiefen kokettiert und mit dem Schwindel geflirtet hat, als er mitten ins Meer getaucht und wie ein Kind geschwommen ist. Diese Nachricht wird er nie verschicken, an niemanden. Er löscht sie. Schreibt, dass das Wetter verrücktspielt und es ein wenig wie bei einem Abenteuer zugeht, und löscht auch diese Nachricht. Bloß niemanden beunruhigen. Und nie das Wort »Abenteuer«.

Am Anfang schickte er Fotos vom Horizont, dachte, dass er seine Begeisterung so mitteilen könnte und es beruhigend wäre, Tag für Tag die Spiegelung des großen Schiffs auf dem Wasser zu zeigen. Aber alles, was er schrieb, war zu egoistisch. Indem er sich an einer Welle oder der Sonne erfreute, verriet er bereits seine Liebe, seine Ehe und die Familie, die so schon über sechs Monate im Jahr ohne ihn funktionieren muss.

Also schreibt er wie immer nichts vom Schiff und vom Meer, von der täglichen Schufterei oder den Fachsimpeleien, nichts vom abendlichen Drink, der das Einschlafen erleichtert. Er bringt schließlich einige Liebesbeteuerungen zustande und versucht, nicht die gleichen Worte wie am Tag zuvor zu wählen. Versucht, mit ihnen wieder einzigartige, starke Gefühle zu vermitteln. Aber es gelingt ihm nicht. Er löscht die Nachricht. Fragt lediglich, wie es dem Kleinen geht. Hab euch lieb.

Wenn er wieder an Land ist, wird er ein- oder zweimal versuchen, von der Angst zu berichten, die auch ihn manchmal überkommt: dass er nie zurückkehren wird, dass er nicht mehr weiß, wer er ist und in welches Leben er gehört. Er wird versuchen zu erzählen, dass man auf dem Meer mehr als anderswo seinen Verstand beisammenhalten, dass man jeden Tag seine Gedanken überprüfen muss wie die Längen- und Breitengrade und die Motoren. Er wird erzählen, dass manche Winde Fröhlichkeit, manche Wahnsinn oder Übermut mit sich bringen.

Aber er wird verstummen, bevor er überhaupt das erste Wort aussprechen kann, weil der Blick seiner Frau ihn zum Schweigen bringen wird, denn wenn er davon anfängt, bedeutet das tagelange Tränen, einen von Weinkrämpfen geschüttelten, zunehmend abgemagerten Körper. Er wird also handfeste Projekte anpacken, Immobilienagenturen abklappern und sich Renovierungsarbeiten überlegen, die Gartenmauer erneuern, die Küchenmöbel und vielleicht sogar das Auto austauschen und sich nicht eine Sekunde lang ausruhen – bis zur nächsten Abreise.

Er wird versuchen, seinem Sohn zu sagen, wie glücklich er ist, wie sehr er die Herausforderung mag, all das Metall an der Wasseroberfläche zu halten. Wie sehr er es mag, keinem Festland mehr anzugehören und tagelang niemanden anrufen zu können, auch wenn er sich natürlich um ihn sorgt und sich kaum vorstellen mag, dass er nicht da wäre, falls ihm etwas zustoßen sollte. Er wird ihm nichts sagen, wird nur beruhigende Geschichten von der Arbeit und der Routine an Bord erzählen, nur Worte wählen, wie man sie Kindern in rechtschaffenen Familien auftischt.

Er legt sein Telefon neben den Stein und das U-Bahn-Ticket, das ihn daran erinnert, dass er einmal die Flucht gewagt, dass er das viel zu neue Haus verlassen und sich eine kleine Wohnung in Paris gesucht hat, dass er nach einigen Tagen kehrtgemacht und wieder seine Rolle eingenommen und seine Pflichten erfüllt, Vorhänge aufgehängt, eine weitere Wand eingezogen und diese Geschichte in der hintersten Gartenecke begraben hat.

Während dieser Pause, die er sich zugesteht, obwohl er die allgemeine Aufregung und die in die Walkie-Talkies gebrüllten Anweisungen sehr wohl bemerkt, beschäftigt ihn etwas anderes.

Auf ein Stück Papier schreibt er die Zahl 21 und versucht, im Kopf alle seine Kollegen durchzugehen. Aber er bleibt ständig an einem Bild hängen, kann sich nicht konzentrieren. Sieht dieses Gesicht, das neben ihm aufgetaucht war, als er glaubte, abseits, ganz allein im Wasser und viel zu weit weg vom Rettungsboot zu sein. Ein glattes und ernstes Gesicht und – das hatte ihn überrascht – überhaupt nicht außer Atem. Ein ungewöhnlich ruhiges Gesicht für einen, der schwimmt.

»Bist du zum ersten Mal mit ihr unterwegs?«

Zwei Offiziere machen auf der Brücke eine Zigarettenpause.

»Nein, nein, wir kennen uns, seit wir zwanzig sind. Eine toughe Frau, ein Arbeitstier. Es war nicht leicht für sie, sich einen Namen zu machen und mehr als die Tochter ihres Vaters zu sein. Vor allem, weil er sich ganz allein hochgearbeitet hat und keine in der Branche etablierte Familie hatte. Ein Arbeitersohn, er hat sich, als er zum ersten Mal das Meer sah, in den Kopf gesetzt, dass er auch eines dieser großen Schiffe lenken würde. Ohne einen Cent in der Tasche hat er die Hierarchieleiter erklommen und konnte mit einem Nebenjob in einer Bar gerade so seine Studentenbude bezahlen. Eine echte Ausnahme. Sie wollte immer in seine Fußstapfen treten, bloß nicht zurückfallen ins Leben der Landbewohner, wie sie sie nennt.«

»Fährt ihr Vater noch zur See?«

»Nein, er wurde vor etwa zehn Jahren für untauglich erklärt. Man hat nie erfahren, warum. Eine Art Demenz, Gedächtnislücken und immer häufigere Aussetzer.«

»Und diese Geschichte, die man über ihn erzählt, dass sein Schiff mehrere Tage verschollen war, stimmt die?«

»Es gibt noch eine andere Version. Manche erzählen, dass das Schiff bei dieser Reise, einer seiner letzten, von einer Flutwelle überrollt worden ist.«

Die beiden Männer erschaudern gleichzeitig, als ob eine verbotene Verwünschung oder Zauberformel ausgesprochen worden wäre und sie jetzt etwas sagen müssten, das den Fluch abwendet und beruhigend wirkt. Sie haben sich beide die aus dem Nichts kommende Welle vorgestellt, die unvorhersehbare Wasserwand, die manchmal Schiffe überrumpelt. Sie tauchen in den Albtraum eines jeden Seefahrers ab: die meterhohe schwarze Masse, die ganz allein jedes Gleichgewicht zerstören kann.

»Und deshalb hat er mehrere Wochen lang nicht mehr gesprochen? Und seine Matrosen auch nicht?«

»Dafür habe ich, ehrlich gesagt, auch keine Erklärung.«

Nach der zweiten Zigarette könnten sie wieder reingehen, es ist sogar eher selten, dass sie so lange miteinander reden, aber beide verlangsamen ihre Gesten, als wollten sie noch ein bisschen bleiben und nicht allein mit ihren Sorgen sein.

»Ich hab gefragt, ob du sie gut kennst, wirklich gut, weil ... weil mir Gerüchte zu Ohren gekommen sind. Die anderen erzählen, dass sie sich verändert hat, dass sie ein bisschen sonderbar geworden ist. Vorhin ist sie wohl einem Matrosen über den Gang gefolgt und hat versucht, mehrere Kabinentüren gewaltsam zu öffnen.«

»Welchem Matrosen?«
»Einem der Neuen.«

Und was vor ein paar Tagen noch ein anzüglicher Scherz gewesen wäre, bringt nun keinen der beiden Männer zum Lachen.

»Warum sollte sie das tun? Wenn sie etwas mit ihm klären muss, kann sie ihn doch einfach einbestellen.«

»Das denke ich auch. Es passt überhaupt nicht zu ihr, sich nicht ans Protokoll zu halten.«

Sie sitzt auf dem Bett, die Knie an die Brust gezogen und spürt, wie sich die Zweifel ausbreiten, sobald sich zwei oder drei Männer mit einer gemeinsamen Sprache auf dem Schiff begegnen. Sie spürt, wie das Vertrauen bröckeln könnte, wenn man nur ein wenig daran kratzt, einen Rostfleck findet, eine Schwachstelle, ein Leck.

Wenn sie nicht mehr aus ihrer Kabine käme, dem großen Schiff seinen Willen ließe, damit es über ihrer aller Richtung entscheidet, würden die Männer schnell begreifen, dass sie auch ohne sie zurechtkommen, dass sie alle gemeinsam in der Lage sind, den Frachter zu steuern. Aber der Gedanke an eine Meuterei beunruhigt sie keineswegs. Sie stellt es sich vielmehr fröhlich vor, all die Männer, die sich zusammentun, nichts mehr von ihr erwarten und sich endlich auf ihren eigenen Weg besinnen.

Sie weiß, dass dieser Gruppe etwas Mächtiges innewohnt, eine Menschlichkeit, die alle beflügelt. Vielleicht die Chance, etwas Neues zu begründen oder eine kleine Schranke in dieser Welt einzureißen.

Sie schließt die Augen, will sich abermals vom Boden aufsaugen und bis zum Laderaum gleiten lassen.

Aber es sieht ihr gar nicht ähnlich, dieser Rückzug am helllichten Tag, diese Fahnenflucht.

Sie muss sich bewegen, reden, handeln: Eigentlich hat sie immer drei Schritte im Voraus geplant, steht ihr Körper ständig unter Spannung. Nur ein unerklärlicher Anblick, eine atemberaubende Landschaft, die plötzliche Begegnung mit einem Meerestier könnten sie aufhalten.

Gestern Abend war es dieses Licht. Ein Schmerz oder ein Fall hätten sie ebenso innehalten lassen, aber nein, alles war ruhig und still. In den letzten Sonnenstrahlen erschien das Meer als Blutlache, als offene Wunde, die alte Erinnerung an eine blutige Fangfahrt, einen Nahkampf. Das Meer schien klebrig, dickflüssig und rot.

Sie hatte es mehrere Minuten angestarrt, bis das Bild verblasste, und sich dann die Augen gerieben. Es war kurz vor dem Abendessen gewesen. Jetzt auf dem Bett denkt sie wieder daran zurück, und die Ereignisse fügen sich bis zum jetzigen Augenblick zusammen: Wie kann man das Meer bereisen, ohne den Gemütszustand des Ozeans zu beachten?

»Etwas ist in dein großes Herz eingedrungen, Schiff. Eine unsichtbare, mächtige Harpune. Das Todesurteil für so manche Überzeugungen. Du bist in deinem eigenen Blut geschwommen, und ich hatte nur die Dienstabläufe und die banalen Abendrituale im Kopf.«

XIV

SIE HAT DIE MANNSCHAFT in die Offiziersmesse einberufen. Nicht alle sind gekommen, einige sind auf ihren Posten geblieben. Als die Augen müde wurden, die Anspannung langsam den Rücken krümmte und die Schultern verkrampfte, haben sie einander abgelöst. Nun dankt sie ihnen für ihre Arbeit, versichert, dass sie die geplante Route beibehalten, dass sie wahrscheinlich nur ein paar Stunden später ankommen. Sie findet beruhigende Worte und bekräftigt, dass sie mit der Reederei und den Rettungsmannschaften in Kontakt stehe, dass alles in Ordnung, wirklich alles in Ordnung sei. Sie wählt die richtigen Phrasen, um der Mannschaft Halt zu geben, ohne dass es abgedroschen klingt. Sie hämmert ihnen derart viele Formeln und Verfahren ein, dass kein Platz für Zweifel bleibt, reiht ihre Aussagen aneinander wie stabile Bretter. Und während sie ihrer Rede den letzten Schliff gibt, sucht sie die durchsichtigen Augen, denen sie im Flur begegnet ist, und kann sie nicht finden.

Nachdem sich wieder alle auf ihre Posten begeben haben, bleibt sie allein mit dem ersten Offizier. Greift zufällig ein Buch aus dem Regal. Blättert mechanisch darin und fragt den Kollegen, ohne ihn anzuschauen: »Sagt dir das was? Es geht um einen Vulkan und um Kontrollverlust.«

Weil er nicht weiß, was er sonst tun soll, macht er plötzlich einen Schritt auf sie zu und nimmt ihr das Buch aus der Hand. Es ist die intimste Geste, die es je zwischen ihnen gegeben hat, aber sie schreckt nicht zusammen und weicht nicht zurück.

»Willst du, dass ich übernehme? Für den Kontakt mit den Hafenbehörden? Dass ich mich um den Verwaltungskram kümmere?«

»Warum denn?«

»Um zu üben. Ich will ja eines Tages deinen Platz einnehmen und in ein paar Monaten selbst über ein Schiff befehlen.«

Nur wenige Zentimeter voneinander entfernt gelingt ihnen ein Lächeln.

Er weiß, dass er, um sich zu retten, die Dinge in die Hand nehmen, sich dem Navigieren und nur dem Navigieren widmen muss, um durch die Arbeit diese Unsicherheit zu vertreiben, die er bei ihr spürt.

Er stellt den Roman vorsichtig zurück ins Regal, so als enthielte er eine Sprengladung, die es schnell zu entschärfen gelte.

»Wir müssen an dieser rätselhaften Sache dranbleiben. Müssen hartnäckiger sein als das Schiff. Weißt du, manchmal muss man selbst zum Stahlkoloss werden. Massiv und wendig, bereit, gelenkt und bevormundet zu werden. So ist das eben auf dem Meer, wenn man viele Kilometer unter dem Rumpf hat. So ist das eben, wenn man die festgetretenen Pfade und die Straßenkarten hinter sich lässt. Man denkt, dass man über alles bestimmt, wenn man das Kommando hat. Aber in Wirklichkeit bestimmt man nicht viel. Man hat keinen Einfluss auf das, was mit an Bord ist und was man nicht einfach so ins Meer werfen kann. Man hat keinen Einfluss darauf, ob hinter einer Nebelbank ein Felsen aufragt.«

»Aber ich dachte, auf den Radaren wäre nichts Außergewöhnliches zu sehen.«

»Das ist nur ein Bild.«

»Das kann doch nicht dein Ernst sein. Die Jungs machen sich Sorgen. Sie fragen sich, ob du auch wirklich gefunkt hast, dass wir in Seenot sind.«

»In Seenot? Welche Seenot? Siehst du irgendwo Anzeichen einer Seenot? Wir werden schon noch herausfinden, warum wir immer langsamer fahren, und dann in den nächsten drei Tagen in den Hafen einlaufen. Ich will nicht die ganze Fahrt damit verbringen, in zig Berichten zu erklären, warum wir nicht mit der vorgeschriebenen Geschwindigkeit unterwegs sind oder warum wir heute Morgen beschlossen haben, uns eine Schwimmpause zu gönnen.«

Sie wissen es noch nicht, aber ihr Machtwort und ihre wieder gefestigte Stimme sind das Signal dafür, dass sich draußen der Nebel allmählich lichtet. Nichts Spektakuläres, aber die Schraubzwinge um ihren Hals lockert sich unmerklich.

Je näher man den Tropen kommt, desto senkrechter und schneller taucht die Sonne abends ins Meer. Bald ist es dunkel, bald wird dieser Tag eine unbequeme Erinnerung sein, die man besser vergisst und dem unbeteiligten Logbuch anvertraut.

> *Ich, Kapitänin der Meere, von Vater zu Tochter, Kapitänin auf Großer Fahrt, Kapitänin eines Schiffs, dessen Herz ganz von allein schlägt, dessen Heimathafen eine ermüdende Stadt ist und das zur Reederei derjenigen gehört, die ohne groß nachzudenken die Meere bereisen, deren Firmensitz in einer noch größeren Stadt ist, in der ich mich noch unerwünschter fühle, bestätige mit meiner persönlichen Unterschrift, dass ich an einem geraden Tag im 21. Jahrhundert von Saint-Nazaire in Richtung der Antillen ausgelaufen bin, ohne zu ahnen, wie beweglich sie sind, erkläre, dass ich im Vollbesitz meiner Erfahrungen bin und das Schiff seetüchtig ist, dass die vorschriftsmäßigen Tests und Kontrollen vor der Abfahrt das einwandfreie Funktionieren der Geräte und Navigationshilfen bestätigt haben, dass alle Luken versiegelt, die Schotten dicht, die Kräne am Ausleger abgespannt sind, versichere, dass die Mannschaft*

vollständig ist und aus 20 Männern und einer Frau, später 21 Männern und einer Frau besteht, ohne dass sich der Grund für diesen Zuwachs feststellen ließe, dass die genannte Frau keine Kinder zur Welt gebracht hat und dies unter keinen Umständen beabsichtigt, dass das Schiff mit 150 000 Tonnen diverser Waren beladen ist, die auf verschiedenfarbige Container verteilt sind, wobei mir die blauen die liebsten sind, da ich sie in der Abenddämmerung auf dem Ozean optisch am interessantesten finde, und dass das Schiff beim Ablegen einen Tiefgang von 18,30 m achteraus und 15,60 m voraus hatte.

Ableger um 22.40 Uhr Ortszeit mithilfe eines Lotsen und vier Schleppern verlassen. Keine Einschränkungen bei den Navigationsradaren feststellbar. Problemloses Vorankommen bei gutem Wetter, klarer Sicht auf 10 Seemeilen und einer Geschwindigkeit von 12,5 Knoten, bis die Mannschaft eine zündende Idee hat und plötzlich nach frischer Luft und Freizeit verlangt. Alle Vorkehrungen für diese neue Situation werden um 9.45 Uhr am folgenden Morgen getroffen: Berufsethos ausgesetzt, Geschwindigkeit bis zum Stillstand gedrosselt, Maschinen funktionsfähig, aber keine Arbeitskräfte vorhanden, da alle im Meer schwimmen, vorgeschriebene Leucht- und Warnsignale einsatzbereit, Antikollisionsradare abgeschaltet.

Seitdem wurde eine völlige Verselbstständigung des Schiffes festgestellt, es sperrt sich, obwohl es mehrfach zur Ord-

nung gerufen wurde, dagegen, die vom zuständigen Personal vorgegebene Geschwindigkeit einzuhalten. Dieses als schwerwiegend eingestufte Fehlverhalten wurde in den Disziplinarvermerken festgehalten. Das Schiff weigert sich jedoch, das Dokument zu unterzeichnen. Derzeit wird über mögliche Konsequenzen nachgedacht, obwohl uns diese Aufsässigkeit sehr belustigt.

Ab sofort gilt mein Entschluss, trotz der geltenden Sanktionen diese Aufzeichnungen nicht weiterzuführen. Keinen Bericht für den Zielhafen zu verfassen. Keine Niederschrift davon, wie gerne ich meinerseits in die Nebelbank am Horizont tauchen würde und hundert Jahre schlafen.

Ich bestätige, dass der vorliegende Bericht wahrheitsgemäß und vollständig ist, behalte mir die Möglichkeit vor, ihn nach Bedarf auszuschmücken oder zu verfälschen, und hinterlege ihn in der Kanzlei des Handelsgerichts von Le Havre für jedweden rechtmäßigen Gebrauch.

Stempel, Unterschrift, Stempel, und noch ein Stempel. Tägliche Übertragung der Daten per Satellit: Und schon sind alle beruhigt.

Hinter dem Bullauge sieht sie, wie die Sonnenstrahlen den Nebel durchbrechen, um direkt ins Wasser einzutauchen, eine perfekte orange Senkrechte, die von den Nebelresten verwischt wird. Ein ockerfarbener Riss, schon wieder, aber sie hofft, dass es die Narbe und nicht die Wunde ist und dass ab morgen wieder ein gesundes Reiseblau herrscht.

Nach einer stummen, an keine bestimmte Gottheit gerichteten Beschwörung prasselt plötzlich ein Abendregen auf das Schiff. Ein tropischer Regen. Ein ganz normaler Regen zwischen zwei Nebelbänken.

Zum hundertsten Mal überprüft sie die Wettervorhersage am Bildschirm. (Und ist das Wetter nicht die angerufene Gottheit, auch wenn man sich meistens erträumt, von etwas Größerem abzuhängen?) Aber der Wetterbericht scheint über den Abschnitt des Ozeans, den sie gerade durchquert, keine Angaben machen zu können. Sie hat trotzdem das Gefühl, dass die Luftfeuchte schon eher wieder der Position und Jahreszeit entspricht. Wenn es so weitergeht, wird sie in einigen Stunden wenigstens wieder sehen können, sagt sie sich.

Vor sechs Monaten hatte sie ihren Augen bei strömendem Regen befohlen, als Radare zu fungieren (dabei war sie doch an Land), und ihren Beinen, nicht so schwer zu werden in den Pfützen. Sie wusste selbst nicht, wo sie mit dem Suchen anfangen sollte. Auf der Promenade, die eigentlich gefällig sein sollte – Karussell und Eisstand für den Sommer, für diese Breitengrade leicht exotische Sträucher in regelmäßigen Abständen –, schien plötzlich alles feindlich: Das Wasser stürzte vom Himmel, ein zerrissenes Plakat irgendeines vergessenen Zirkus schwamm in einer Pfütze, und die Autos verrieten ihre Unsicherheit, indem sie das Tempo drosselten. Genau das, hatte sie gedacht, halte ich nicht mehr aus, diese Momente, in denen die Umgebung so unendlich enttäuschend ist. Aber sie lief schwerfällig weiter und rief den Namen ihres Vaters durch den Lärm quietschender Autoreifen.

Er war eine Stunde zuvor aus dem Haus gegangen. Sie war immer öfter bei ihm, auch wenn er es vorher nie zugelassen hätte, dass man ihn eines Tages überwachen und dass seine Tochter nicht nur ihren eigenen Weg gehen und ihre eigenen Abenteuer erleben würde. Ob ihm damals noch bewusst war, dass sie seine Tochter und für ihn da war?

Als sie eingesehen hatte, dass das Gewitter nicht nachlassen würde, überkam sie diese Panik, die sie erst kannte, seit er nicht mehr redete. Da sie selbst nicht Mutter war, konnte sie nur ahnen, dass es die gleiche Panik ist, der man sich auf viele Jahre verschreibt, wenn man ein Kind hat, die einen nachts aufstehen und immer nur ganz leicht schlafen lässt, weil man den Atem kontrollieren, auf die lauernden Ungeheuer horchen muss.

Einer Intuition folgend war sie Richtung Jachthafen gelaufen, wo er oft stundenlang saß, seit er nicht mehr zur See fuhr. Wie sie befürchtet hatte, verschmolzen die Hafenmauer und das Wasser in der Sintflut. Ein Schritt zu weit, und schon würde man zwischen zwei für den Winter vertäuten Booten ins schwarze Wasser stürzen.

Endlich sah sie die Gestalt ihres Vaters auf sich zukommen. Er lief unbeeindruckt die Straße entlang, als ob der Platzregen nur in ihrer Fantasie existierte – er hatte ihr schon als Kind gesagt, dass sie bei der kleinsten Gefühlsregung zu viel Wasser vergoss.

Sie wurde langsamer und ließ den eiskalten Regen auf sich niederprasseln.

Im Hier und Jetzt – das überprüft sie, als sie mit dem Wunsch, sich eine Zigarette anzuzünden, wieder auf die Brücke geht – ist das Wasser fast warm, und selbst in den Haaren und im Nacken nicht unangenehm.

Sie hatte diese Verfolgungsjagd im Regen in Toulon ganz vergessen. Sie hatte das lange Zögern aus ihrem Gedächtnis verbannt, als sie sich, in einer Pfütze stehend, das Gesicht mit dem Ärmel abgewischt und sich gefragt hatte, ob sie zu ihrem Vater gehen, sich bei ihm unterhaken und ihn wortlos nach Hause geleiten oder ob sie ihm von Weitem folgen, ihn an ihrer beider Unabhängigkeit glauben lassen sollte, um ihm später trockene Kleider zu bringen, weil er schon wieder vergessen haben würde, dass er völlig durchnässt war.

Sie hatte verdrängt, dass er diesen letzten Spaziergang am Hafen unternommen, dass sich seine Gesundheit dann allmählich verschlechtert und er nie wieder das Haus verlassen hatte. Die darauffolgenden Monate hatten sich wie große Blöcke von Trockeneis angefühlt, an denen sie sich ständig stieß, wenn sie nach ihrer früheren Verbundenheit suchte, zwischen Vater und Tochter, die doch immer gewusst hatten, was der andere dachte, und denen eine Anspielung genügte, um einander zu verstehen und zu wissen, was mit diesem merkwürdigen Leben auf Erden anzufangen war.

Unter dem warmen Regen reibt sie ihre Unterarme – komm schon, meine Liebe –, gönnt sich diese kleine tröstende Geste.

Als sie die Tür zur Brücke wieder schließt, weiß sie, wo das für solche Fälle sorgfältig zusammengelegte Handtuch liegt, und rubbelt sich das Gesicht gründlich ab. Das vertraute Gefühl des Frotteehandtuchs, mit dem sie den Nacken abtrocknet, und der Geruch dieses lauwarmen, ganz normalen Regens bringen sie langsam wieder zur Besinnung.

Manchmal braucht es nur eine Kleinigkeit.

Im selben Moment stolpert am anderen Ende des Schiffes ein Matrose, der sich schnell unterstellen will, über einen auf dem Boden liegenden Mann. Er kann sich gerade noch an der Reling festhalten und schreit auf.

Aber der am Boden Liegende ist sehr wohl lebendig, blinzelt kaum und blickt ungerührt in den Regen, der ihm ins Gesicht fällt.

»Hey, was machst du denn da, bist du völlig verrückt, warum liegst du hier, hast du dich verletzt, ist alles ok?«

Der am Boden Ausgestreckte zuckt nur mit den Schultern und lächelt, saugt den lauwarmen Regen ein, der ihm in die Nase läuft.

»Du hast mich fast umgebracht. Du liegst hier im Weg, verstehst du, was ich sage? Du nicht hierbleiben, du arbeiten wie alle anderen, du kapieren, dass wir schon genug in Scheiße stecken? Und wer bist du überhaupt, kennen wir uns? *What is your name?*«

Da eine Antwort ausbleibt, ballt der Matrose wütend die Fäuste und schwört, dass der andere das nächste Mal schon sehen wird, was er davon hat, dieses Milchgesicht, das bestimmt noch nicht viel gearbeitet hat in seinem Leben, ja, dass er das nächste Mal einen Bericht verfassen wird über diese Fremdgefährdung durch Liegen auf dem Außengang – wenn er genug Zeit hat, wenn er nicht wie verrückt über das Schiff rennt, um einen Fehler zu finden, wenn er ruhiger ist.

Wenn er weniger Angst hat.

XV

WÄHREND SICH DIE ANDEREN für das Abendessen fertig machen, beschließt sie, in den Maschinenraum hinunterzugehen, um diejenigen, die vorhin nicht in der Offiziersmesse waren, zu beruhigen, ihnen zu zeigen, dass sie sie nicht vergessen hat, und auch, um sich zu erkundigen, was jeder in diesem komplexen Zusammenspiel von Feuer und Treibstoff so tut. Sie zieht sich den gleichen Blaumann an wie ihre Matrosen, setzt die Schutzbrille auf und geht zum Heizkessel.

Sie grüßt alle, denen sie begegnet; bei dem Lärm kann sie diesmal keine lange Rede halten und hofft, dass ihr selbstbewusstes Lächeln überzeugt, ihr fester und offener Blick, der ihre Stärke ausmacht, die Selbstverständlichkeit, mit der sie für alle über die nächsten Schritte zu entscheiden vermag.

»Kapitänin, wir haben vielleicht den Defekt gefunden«, brüllt ihr der erste technische Offizier ins Ohr. »Wir müssen es noch überprüfen, aber es scheint die Pumpe zu sein, die Pumpe läuft mit reduzierter Leistung. Wir müssten sie auseinandernehmen, um nachzusehen, was klemmt, und sie gründlich reinigen, aber dafür müssten wir mehrere Tage anlegen.«

Sie fragt: »Denken Sie, dass wir bis zum Zielhafen durchhalten können?«

»Schwer zu sagen«, brüllt er. »Wir riskieren, dass plötzlich etwas kaputtgeht und dann gar nichts mehr läuft.«

Die Pumpe also. Das große rote Herz. Der große Muskel ist es leid, all das Blut zu transportieren, für alle zu pumpen. Oder vom Nebel in den warmen Regen zu geraten. Oder zu bluten, ohne dass es jemanden kümmert.

Wie kann man dir helfen, Tier? Was können wir tun, damit du dich ausruhen kannst? Wie können wir mit dir, dieser unentwegt pulsierenden Maschine, kommunizieren und von dir akzeptiert werden, wo wir doch nur Parasiten für dich sind, die blauäugig glauben, sie könnten sich mithilfe von ein paar bedruckten Blättern orientieren und wissen, wohin die Reise geht?

»Wir fahren weiter. Wenn wir den Nebel hinter uns gelassen haben, können wir die Motoren wieder abschalten und die notwendigen Reparaturen vornehmen.«

»Wie Sie meinen, Kapitänin. Und wenn vorher etwas kaputtgeht?«

»Ich übernehme die Verantwortung.«

»Ohne Ihnen zu nahe treten zu wollen, aber ich kenne die Motoren gut ...«

»Diesen hier kenne ich auch, glauben Sie mir. Ich lerne ihn sogar immer besser kennen.«

Wenn der Regen aufhört, wird auch ein Stückchen von diesem Tag erhellt worden sein. Die Gedanken werden wieder ins Gleichgewicht kommen. Allerdings wird sie ihre Zeit nicht damit verschwenden, das der Mannschaft zu erklären. Sie weiß es, und das genügt. Es genügt zu spüren, dass das Schiff das Wasser durchpflügt, dass der Regen an die Scheiben prasselt, dass sich jeder wieder etwas gelöster an die Arbeit gemacht hat. Die latente Langsamkeit in ihr hat sich in Neugier verwandelt. In einen gelassenen Aufbruch hin zu neuen Entdeckungen. Es genügt zu wissen, dass die weiße Wolke, in der sie feststeckten, sie zumindest für eine Weile vor fremden Blicken geschützt hat. Sie hat ihnen geholfen, die Ankunft hinauszuzögern, und die nächste Abfahrt, und den Rückweg, und wieder die Abfahrt, und dieses absurde Hin und Her bis zur Rente, wenn man nur noch von einer Bank am Ufer aufs Meer schauen kann.

Schweißgebadet läuft sie in ihrem Blaumann von Posten zu Posten, um noch ein paar Fragen zu stellen und ihre Entscheidungen mitzuteilen. Sie macht die Runde, mustert die Werkzeuge, die riesigen Schraubenschlüssel und die Zangen, mit denen an den Tanks gewerkelt wird. Sie begreift etwas Grundlegendes, ohne dass man es ihr erklärt hätte, eine dieser Maschine innewohnende Logik, und vergisst sie sofort wieder. Dabei ist sie genauso bezaubernd wie das Gesetz des Windes in den Segeln.

Sie hat den Eindruck, dass sie die Besorgnis der Matrosen ein bisschen zerstreuen konnte, dass sie dem Defekt etwas von seinem Schrecken genommen hat. Sie beobachtet, wie jeder sich mit festeren Schritten zurück an die Arbeit begibt. Allmählich wiegt alles weniger schwer.

Ganz überraschend – durch eine zufällige Zigarettenpause, ein fehlendes Werkzeug, das jemand ein Stockwerk höher suchen gegangen ist – ist sie plötzlich allein im Maschinenraum und dessen glühender Hitze. Erneut legt sie sich hin und presst das Ohr an den Boden. Sie lauscht auf eine Dissonanz, ein Herzgeräusch. Aber stattdessen hört sie wieder diesen verlässlichen lauten Herzschlag des Tieres, das ruhige, tiefe Klopfen. Sie legt ihre flache Hand auf den Boden und lächelt.

An Land würde man jetzt seinen Arm um den Hals eines Pferdes legen und im Gleichklang atmen. Bis Vertrauen entsteht, eine stumme Verbindung, von der man sich einbildet, dass sie ewige Treue bedeutet, dabei weiß man doch, dass alles jeden Tag aufs Neue begonnen werden muss.

Aber, meine Liebe, es ist noch schwieriger, Wale zu zähmen.

Schließ die Augen. Du bist nicht für alle Herzen verantwortlich, die um dich herum schlagen. Schau nur, wie gut alle klarkommen, das Biest und darunter die Naturgewalten, die Wassermassen und Strömungen. Du solltest auch auf die Männerherzen lauschen, diese tragbaren Pumpen für Erwachsene, und auf die Batucada, die verkündet, dass wir zusammen und lebendig sind. Hör nur, wie sie – ohne es zu wissen – alle ihren eigenen Ozean umpflügen. So viel Leben, meine Liebe, auf deinem kleinen Schiff. Du kannst stolz sein. So viel Leben.

Und während sie so daliegt im Schmieröl, in diesem ein wenig zu großen Blaumann, die Wange am Metall, sind Körper und Geist so leicht und schwerelos wie noch nie, ist sie überzeugt, dass ihr nichts Schlimmes zustoßen kann, wenn sie sich die richtigen Fragen stellt, und dass das Herz des Schiffes so lange im Gleichklang mit ihrem weiterschlagen wird, wie sie es will.

»Es passieren wirklich merkwürdige Dinge auf diesem Schiff, und viele.«

Ohne den Kopf zu heben, weiß sie genau, wer gesprochen hat. Der blonde junge Mann steht wenige Meter hinter ihr.

»Sagen Sie das, weil ich mein Ohr an den Boden presse?«

»Nicht nur.«

Sie bleibt liegen. Es reicht ihr, seine Anwesenheit zu spüren und sich vorzustellen, wie er an der Brüstung lehnt, sich umschaut, den Raum nicht ganz betritt und lieber weiter am Rand der Szene bleibt.

Sie hofft, dass er nichts mehr sagt, wenn sie einfach liegen bleibt. Sie braucht seine Ratschläge nicht, auch nicht sein Urteil darüber, wie sie sich ans Schiff schmiegt und ihm vertraut. Sie hört, wie auch sein Atem als Echo des Schiffsatems geht. Sie versucht, seinen Herzschlag auszumachen, aber es gelingt ihr nicht. Von ihm geht nur Stille aus. Er redet weiter, und seine Stimme ist fast angenehm, solange man nicht von seinen durchsichtigen Augen durchbohrt wird.

»Der Frachter driftet ab, er weiß nicht, warum er fährt.«

»Sie meinen, wohin er fährt?«

»Nein, ich meine, warum er fährt.«

»Ich habe alles im Griff. Ich weiß, was ich tue ...«

Sie kommt nicht dazu, ihren Satz zu beenden.

»Nein, niemand weiß, was er tut, wenn er abdriftet.«

Sie wartet darauf, dass er noch etwas sagt, aber er schweigt. Oder es ist im Stampfen der Kolben untergegangen.

»Sie haben kein Herz«, ist das Einzige, was sie ihm gerne sagen würde, bevor er geht; sie ist sicher, ihn durchschaut zu haben, aber sie ist sich des absurden Pathos dieser Aussage bewusst und schluckt die unmögliche Feststellung hinunter. Noch ein Satz für das schwarze Heft.

Seinen Herzschlag hat sie nicht gehört, aber sie vernimmt das Quietschen seiner Schuhe, er hat also einen Körper. Sie quietschen aufdringlich, bis er den Raum verlassen hat. Die Tür fällt so laut zu, dass sie aus ihrem Schwebezustand gerissen wird. Also schließt sie die Augen und stellt sich langsam darauf ein, wieder auf die Füße zu kommen, aber der schnurrende Wal und die dunklen Tiefen lullen sie ein

»Kapitänin? Ist alles in Ordnung?«

Ein Mann beugt sich über sie. Als sie die Augen öffnet, erkennt sie den ersten Offizier und lächelt über den Eifer, mit dem er ihr aufhilft und sich vergewissert, dass sie nicht verletzt ist.

»Danke, alles gut, es ist nur die Hitze, ich bin sie nicht so gewöhnt wie die Mechaniker. Alles bestens. Wirklich bestens. Komm doch mit nach oben, ich will ein Glas Wasser trinken und ein wenig frische Luft schnappen.«

»Du solltest dich vielleicht ausruhen. Es war ein langer Tag.«

XVI

BEIM ABLEGEN DER FLOTTEN erbrachte man Opfer. Um zu verhindern, dass die Soldaten plötzlich verrückt wurden. Um die Brise aufzufrischen, führte man kleine Mädchen – statt Schafen – zum Altar. Man sagte sich, dass alles von den Göttern abhing, die man milde stimmen müsse, und dass ein kleines Mädchen, wenn man ihm etwas Weißes anzog, wenn es lange Haare hatte und eine Unterhose mit Spitze, ja, dass so ein Kind ausreichen würde, um die Winde aufzurütteln, um in den Krieg ziehen oder in See stechen zu können. Solche Geschichten standen in den Tragödien, die sie zu Schulzeiten gelesen hatte, ohne zu begreifen, was dieses kleine Mädchen an Land mit den in weiter Ferne gestrandeten Matrosen zu tun hatte. Ohne zu begreifen, warum man immer alles mit brutaler Männergewalt lösen musste. Sie stellte sich vor, wie sie als Iphigenie ihre Ketten sprengen und statt auf den Scheiterhaufen an Bord dieser Schiffe gehen und die Ärmel hochkrempeln würde, um die festsitzenden Matrosen zum Sieg zu führen, wenn sie das wollten, oder zur Vernunft zu bringen und so ihren Zorn verfliegen zu lassen.

Nun ist es ihr Schiff, das sich weigert weiterzufahren, obwohl man doch inzwischen nicht mehr auf die Natur angewiesen ist, wo die Winde, die Götter und die Gegenströmungen schon seit Langem bezwungen oder umgebracht worden sind. Schließlich kann man sich mit Motorkraft mittlerweile bis ins All katapultieren, was ist dagegen schon die Überquerung des kleinsten Ozeans ...

Was werden wir opfern, Schiff? Was werden wir ins Meer werfen, um dich wieder auf unsere Seite zu bringen? Vielleicht hätte jeder einfach nur untätig in seiner Ecke warten müssen, damit kein Krieg ausbricht und Iphigenie unbekannt und gelangweilt altert.

Die Nacht ist finster. Keine Sterne. Kein Mond. Nichts. Eine undurchdringliche Wolkendecke. Schwarze Nacht auf schwarzem Wasser, das sich nicht einmal mehr daran erinnert, dass es geregnet hat. Nur das gelbe Licht der elektrischen Glühbirnen spendet Trost. Irgendwo in diesem Gelb spielt jemand Karten, döst mit Kopfhörern auf den Ohren, trinkt, lacht oder beißt die Zähne zusammen. Aber überall in dieser vollkommenen Finsternis bleibt das Licht an. Überall lässt die Anspannung nach, auch in den zusammengerollten Körpern auf den Liegen, die in einen Film versunken oder vom Seegang in einen Halbschlaf geschaukelt worden sind.

Es ist die Hütte aus den Märchen, der Schein, der auf die Lichtung fällt. Die Lichtung liegt in einer Nussschale, die den Bach hinunter zum Meer treibt. Egal, ob es stürmt oder schaukelt, ob der Wald oder der Ozean drum herum pechschwarz, unendlich und bedrohlich sind, solange das gelbe Licht leuchtet, verbreitet es ein heimeliges Gefühl, vermittelt Sicherheit. Sie hatte immer gedacht, dass man die kleine, windgepeitschte Kabine erst bei Sturm zu schätzen lernen, sich darin behütet fühlen würde. Aber die schwarze, windstille Nacht und der Regen, der nicht von Lichtern durchdrungen wird, funktionieren auch ganz wunderbar.

Sie ist auf der Brücke und lässt sich hin- und herwiegen. Sie notiert weiterhin alle zwanzig Minuten die Position des Schiffes mit einem kleinen Kreuz auf der durchbohrten Karte. Die Kreuze liegen immer näher beieinander. Das Schiff wird langsamer, kommt für einen Moment zur Ruhe.

Sie tauscht sich regelmäßig mit dem ersten technischen Offizier aus, der auch nicht schlafen gehen will, stattdessen die Zählerstände und Motoren überprüft und seine Aufregung immer schlechter verbergen kann.

»Kapitänin, es scheint, als würde die Pumpe ihr Tempo variieren, und dabei ... halten Sie mich bitte nicht für verrückt, dabei eine Art Musik erzeugen. Kapitänin, hören Sie mich?«

»Ich halte Sie nicht für verrückt.«

»Es ist ein regelmäßiger Rhythmus, der sich ab und zu ändert. Es ist unglaublich, aber er wird eben nicht nur langsamer. Wenn es ein Defekt wäre, müssten wir immer langsamer werden. Stattdessen werden wir manchmal auch wieder schneller. Für ein paar Minuten fahren wir mit höherem Tempo, dann wieder langsamer, als würde es sich in den Ruhezustand versetzen.«

»Das ist auch meine Einschätzung.«

»Kapitänin, ich habe das Gefühl, dass es kein mechanisches Problem ist, denn alles funktioniert, die Pumpe funktioniert, so viel steht fest.«

»Das ist auch meine Einschätzung.«

»Meine Theorie, Kapitänin, ist, dass es sich um eine hochkomplexe elektronische Störung handelt. Wir sind in den manuellen Betriebsmodus gewechselt, aber irgendetwas leistet Widerstand. So wie ... haben Sie diese Geschichte von zwei künstlichen Intelligenzen gehört, die miteinander in einer Sprache kommuniziert haben, die die Menschen nicht verstehen?«

»Nein. Erzählen Sie.«

Eine kurze Stille aus dem Funkgerät, ein Lächeln auf beiden Seiten, ein Räuspern.

»Vor Kurzem ist es zwei Computern gelungen, Informationen auszutauschen, die sowohl Menschen als auch andere Rechner nicht entziffern können. Sie haben sie quasi codiert. Niemand weiß, was sie sich erzählt haben. Da kann man sich natürlich viel ausmalen ...«

»Denken Sie ... ach nein, nichts.«

»Ja, Kapitänin, was denn?«

»Denken Sie, dass unser Schiff … dass unser Schiff eine gewisse Autonomie, sozusagen eine eigene Persönlichkeit entwickelt haben könnte?«

Erneute Stille. Auf beiden Seiten werden die Worte abgewogen.

»Ich glaube, Kapitänin, dass das eine etwas romantische Sicht wäre. Es handelt sich wohl eher um eine Systemstörung nach dem unvorhergesehenen Stillstand heute früh.«

Nur mühsam kann sie ihre Begeisterung, ihr plötzlich erwachendes, unvermitteltes Entzücken über die künstlichen Intelligenzen, das Schiff und seine metallene Logik und über all die Dinge zügeln, denen es plötzlich gelingt, sich zu befreien und keine Rechenschaft mehr schuldig zu sein. Sie muss laut auflachen, das ist ihre Art, ihre Liebe für all das auszudrücken, was sich nicht entschlüsseln lässt, was unüberwacht seine eigene Poesie erschafft, auch wenn es ein angstvoller Weg ist und am Ende der Tod wartet.

Als ihr Vater einige Jahre vor besagter Verfolgungsjagd durch den Regen von seiner letzten Fahrt heimgekehrt war, hatte er nicht mehr gesprochen. Erst in den letzten Monaten gebrauchte er wieder gewisse Alltagswörter, vermutlich vor allem, damit man ihn in Ruhe ließ.

In der Familie wollte man diese Stummheit, diese Form der Trennung nicht hinnehmen. Schnell wurde Demenz diagnostiziert, aber für sie war das der falsche Ansatz, hätte man auf seine Stille lauschen müssen, statt ihn sofort für seine vermeintliche Verachtung zu bestrafen. Natürlich war auch sie verletzt, dass sie nicht in das eingeweiht worden war, was er erlebt hatte, was die Landbewohner nichts anging, aber dafür doch sie, seine Seefahrertochter, die angehende Offizierin, die gerade erfuhr, welcher Schrecken einen überkommen kann, wenn plötzlich kein Land mehr in Sicht ist. Sie hatte versucht, einen günstigen Moment abzupassen, hatte lange Spaziergänge mit ihm direkt am Wasser, dann fern vom Wasser unternommen, und stundenlang gewartet, dass seine Sprachlosigkeit doch noch etwas preisgeben würde. Aber er hatte nichts gesagt. Ihre Verbitterung hatte sich schließlich in Verständnis verwandelt, und seine Altmännergeheimnisse schienen ihr seltsam vertraut.

Sie hatte sich weiter von ihren Ahnungen leiten lassen, und ein paar Wochen lang hatte das genügt, um eine schwache und unbeständige Verbindung zwischen ihr und dem Kapitän ohne Schiff herzustellen. In ihren klarsten Visionen erblickte sie das Gesicht des Todes, das ihr Vater sicher so gesehen hatte, wie man es zu Lebzeiten nicht sehen sollte, und das sein Schweigen besser erklärte als all die Untersuchungen, denen er unterzogen wurde. Sie dachte an die Passage in der *Odyssee*, die sie als Kind so beeindruckt hatte. Odysseus irrt auf dem Meer umher, gelangt zufällig ins Totenreich und darf die Toten besuchen. Er trifft dort unlängst verschollene Matrosen, Kameraden, von denen er gar nicht wusste, dass sie tot sind, und schließlich – ein tränenreiches Crescendo – seine Mutter. Er ist der einzige Mensch auf der Welt, dem die Chance zuteilwird, noch einmal mit ihr zu sprechen. Vielleicht hat ihr Vater auch die geheime Pforte des Odysseus gefunden, aber ist nie wieder ganz zurückgekehrt und in dieser Welt zwischen den Welten geblieben, wo es ganz gleich ist, ob man durch den Regen läuft oder stundenlang eine Wand anstarrt, bis der eigene Tod kommt, endlich.

Als sie sich in der Nachtluft die Füße vertreten geht, beugt sich der erste Offizier seinerseits über die Karte. Er kennt diese Strecke, auf der man schnellstmöglich ans Ziel gelangt, in- und auswendig. Hier begegnen sich jeden Tag Dutzende Handelsschiffe. Hier werden Metallkisten zwischen den Ufern des Atlantiks hin- und hertransportiert und Bedürfnisse geschaffen für jene, die keine Mittel haben, sie zu befriedigen. Eine Strecke wie ein Netz. Fragen sich die anderen Seeleute auch beinahe täglich, wie man ihm entkommt, wie man sich nicht darin verheddert, wie man weiter vom Meer und diesen Fahrten leben kann, ohne etwas zu kaufen oder zu verkaufen? Vielleicht tun sie das ja gerade unfreiwilligerweise, indem sie das Tempo drosseln. Indem sie nichts zu Protokoll geben. Indem sie die Zielvorgaben nicht erfüllen.

Er dreht und wendet den kleinen, glatten Stein in seiner Tasche und legt ihn dann auf die Karte, wenige Zentimeter neben das Loch, das sie hineingebohrt hat, und plötzlich ist da eine Insel im Atlantik. Eine runde, beruhigende und unbewohnte Insel. Eine kleine Tascheninsel, aber riesig im Maßstab der Karte, ein neuer, ovaler, grauer Kontinent, den er nur noch mit Reliefs und Farben versehen muss. Also nimmt er den Stein vom Tisch und zeichnet mit dem Stift, mit dem sie sonst ihre Position vermerken, einen abweichenden Strich, einen rechten Winkel weg von der Route, dann eine neue, noch namenlose Insel, mit einer perfekten Bucht zum Anlegen, ein paar hohen Bergen und was man an Wasser, Wald und windgeschützten Stränden so braucht.

Von dem ins Papier eingedrückten Ort ihres Sprungs ins Wasser bis zu diesem neuen Land, das er gerade für sie alle erfunden hat, sind es nur wenige Stunden Umweg. Ein Hafen, denkt er, ein bis zum Morgen gut erreichbarer Hafen.

Um die Insel herum lässt er den Nebel in immer durchlässigeren kleinen grauen Schraffierungen aufreißen. Nur noch ein dünner Vorhang, um das Auftauchen der Landmasse sanfter zu gestalten, eine Verpackung, um seinen Kollegen dieses allein für sie erdachte Land wie ein Geschenk überreichen zu können.

Sie werden dort keine Häuser für die Ewigkeit bauen. Sie werden dort nur zu Gast sein.

Er malt auch den Frachter, winzig zwischen zwei Punkten, mit Kurs auf das neue Ufer, und zeichnet anstelle des Namens ein weit aufgerissenes Auge mit fein geschwungenen Wimpern und einer durchsichtigen Iris.

Als die sorgfältige und detaillierte Zeichnung fertig ist, greift er zum Radiergummi und will dem Blatt wieder seinen seriösen Anstrich als Navigationshilfe mit unumstößlichen Orientierungspunkten zurückgeben. Dann besinnt er sich und belässt die Spur, seinen kleinen Schabernack, seine winzige Abtrünnigkeit.

XVII

HIER VERSTECKTE SIE SICH am Anfang auch, wenn man sie nicht finden sollte. Wenn sie jetzt allein sein will, kann sie sich in sich selbst zurückziehen, ohne dass man ihr etwas anmerkt. Sie öffnet die Tür zu dem dunklen Raum, einem kaum genutzten Trainingsraum, in dem ein paar Geräte herumstehen, ein paar Hanteln und Ersatzoveralls auf dem Boden liegen. Der übliche Schweißgeruch liegt in der Luft, er geht wohl nie wieder weg. Sie ist zu dem Schluss gekommen, dass, wenn sich jemand auf dem Schiff versteckt, es nur hier sein kann.

»Ist da jemand? Hier schlafen Sie also? Ich weiß, dass Sie da sind, ich kann Sie atmen hören.«

Das ist gelogen. Sie hört nur ihr eigenes Herz, keinen anderen Herzschlag, der beweisen würde, dass hier noch jemand ist. Aber dort, das könnte durchaus ein Mensch sein: Die auf dem Boden liegenden Gegenstände heben sich als Schatten ab, die von einer zusammengekrümmten Gestalt oder einem ausgestreckten Körper stammen könnten, der sehnlichst auf die Ankunft im Hafen wartet, um dieser absurden Situation ein Ende zu setzen.

»Wollen Sie zu den Antillen? Ein blinder Passagier auf dem Weg zu den Antillen? Die meisten zieht es eher in die andere Richtung. Wissen Sie, es wird nicht einfach sein, das Hafengelände zu verlassen. Bisher hatten Sie Glück, sehr viel Glück. Ich muss nicht ganz bei Trost sein, um so etwas durchgehen zu lassen.«

Sie tritt nicht näher, macht das Licht nicht an. Sie bewegt sich nicht, um den Blickwinkel auf die Schatten vor sich beizubehalten, um nicht feststellen zu müssen, dass sie zu einem leblosen Haufen aus Planen und Tauen spricht.

»Ich kann Dinge hören, die die meisten Leute nicht hören, und Atemgeräusche, von denen viele nicht einmal etwas ahnen. Das liegt in der Familie. Aber dieses Spiel hier beherrschen Sie besser als ich. Sie müssen nur auf Ihre Schuhe achten.«

Nicht die kleinste Bewegung, immer noch nicht, nur das merkwürdige Echo ihrer eigenen Stimme.

»Sind Sie auch Seefahrer? Sie wissen, was ich mit Seefahrer sagen will. Ich meine nicht den Beruf oder die Laufbahn, sondern etwas anderes. Ich glaube, dass Sie Seefahrer sind, vom Festland verstoßen.«

Noch immer ist es still, sind nur die Vorbereitungen für die Nacht ringsherum zu vernehmen: das letzte gemeinsame Glas in einem der Aufenthaltsräume, der Abspann eines Films, eine Dusche, und ist der Rauch der letzten Zigarette zu erahnen, der für einen Moment die beharrlich leuchtenden Sterne verdeckt. Trotzdem setzt sie ihren Monolog mit der Wand gegenüber fort, vertraut auf ihre Intuition und ihr Wissen um das Kommen und Gehen auf ihrem Schiff.

»Sie können hier nicht bleiben. Nehmen Sie eine der freien Kabinen im ersten Stock, ich werde Ihren Status legalisieren. Ja. Das werde ich tun, um diesen Tag und diese Nacht zu einem guten Ende zu bringen: Ich werde mich an den Computer setzen, der uns immerhin ein paar Stunden am Tag mit dem Rest der Welt verbindet, und Ihre Situation legalisieren. Ich werde Schreiben aufsetzen, Dokumente unterzeichnen, bescheinigen und von meiner Autorität Gebrauch machen, und es wird das Entspannteste sein, das ich seit Wochen getan habe, all das zu legalisieren und wie geplant auf Guadeloupe anzukommen und den Frachter auszutauschen, falls dieser hier kaputt sein sollte, zwanzig Stunden in einem Hotel zu schlafen, wieder festen Boden unter den Füßen zu spüren und trotzdem ein wenig zu schwanken, bis mein Körper sich umgewöhnt hat, ausgeruht aufzubrechen und so lange weiterzuarbeiten, wie ich diese Aufgabe noch erfüllen muss. Haben Sie einen Ausweis dabei? Ich werde gleich einen Akteneintrag für Sie anlegen. Sie werden doch ein Foto haben. Was das medizinische Attest und die Geburtsurkunde angeht, finden wir schon einen Weg. Ich brauche nur Ihren Ausweis. Geben Sie ihn mir bitte? Den hat man doch in einem Portemonnaie ganz unten im Koffer. Den hat man doch immer zur Hand.

Na los.

Ich weiß, dass Sie nicht in einer der Kabinen übernachten, ich habe alle Namen und Gesichter überprüft. Sie können jetzt aufstehen.«

Jetzt, wo sie schon aus einer reinen Vermutung heraus spricht und die Worte von der Wand eines Trainingsraum abprallen lässt, kann sie ohne falsche Scham auch noch weiter gehen und ihm das sagen, was sie in diesem Moment intuitiv spürt, was aber so klar ist, dass sie es selbst nicht Intuition nennen würde, sondern im Kopf in das andere Heft einordnet, das Heft der Dinge, von denen sie überzeugt ist, aber die noch nicht ausgereift genug sind, um mit anderen geteilt zu werden. Wobei, denkt sie häufig, das Problem vielleicht eher die Reife der Welt selbst ist, die immer ein wenig ihren Gedanken hinterherhinkt.

»Wir kennen uns, nicht wahr? Sie und ich, wir sind uns schon einmal begegnet, oder? Ich weiß nicht mehr, wo und wann, wenn ich darüber nachdenke, driften meine Gedanken in merkwürdige Bahnen ab, aber es wird mir schon wieder einfallen. Ganz plötzlich werde ich mich wieder erinnern, eine Idee wird sich heute Nacht zusammenbrauen und mir mit einer etwas höheren Welle ins Gesicht klatschen. So funktioniert das doch, oder? Ein kleines Detail, ein Geruch, eine Farbe, eine besondere Stille, und plötzlich fällt mir alles wieder ein, ich werde verstehen, wer Sie sind und was Sie auf diesem Frachter zu suchen haben. Ich warte. Der befriedigendste Moment beim Puzzeln ist, wenn man nur noch das letzte Teil ablegen muss und es sich von selbst zwischen die anderen Teile fügt. Was für eine Erleichterung in ein paar Sekunden, wenn ich das Puzzle Ihres Gesichts zusammenfügen werde. Wenn Sie endlich zum Vorschein kommen, werde ich ganz bestimmt etwas begreifen und Ihre vertraute Visage einordnen können.«

Normalerweise kramt sie nach vergessenen Vornamen, kommt ihnen auf die Spur, indem sie im Kopf das Alphabet durchgeht, aber sie hat kein Alphabet für Gesichter oder vermeintliche Erinnerungen. Sie mag noch so geduldig warten und jeden Hinweis auf eine sich ändernde Wetterlage entziffern können, in den letzten Monaten waren ihre stillen Rekonstruktionsversuche zunehmend erfolglos.

»Je älter ich werde, desto schneller rinnt mir, was ich nicht begreife, durch die Finger.«

Bis zum Schluss hat sie in dem kleinen Haus am Meer auf ein Zeichen gewartet. Nicht mehr unbedingt eine Erklärung, aber wenigstens eine Ermutigung. Ein Entgegenkommen vor dem Tod.

Aber vielleicht war diese Stille die Antwort, die sie zwang, auch ohne Zuspruch weiterzumachen. Damit wird sie nun die Meere bereisen, ihr Frachtschiff und sein tonnenschweres Herz vorantreiben müssen.

Drei Wochen vor der Abreise stand ein kleines blaues Auto im Hof, als sie bei ihrem Vater ankam. Sie erkannte das Auto des Pflegers, aber eigentlich sollte er viel früher kommen, warum war er noch da, warum hatte sie den Eindruck, dass er vor der Haustür auf sie wartete, statt wie sonst einen Zettel mit den Anweisungen und dem nächsten Termin dazulassen?

Warum war er so blass?

Sie ging durch den Hof, und der Pfleger lehnte am Türrahmen, am Rand einer Szene, die sich bereits in Zeitlupe vor ihr abspielte, weil sie sehr wohl verstanden hatte, warum er noch da war, und deshalb plötzlich alles überdeutlich wahrnahm, alles entschlüsselte, was bestätigen oder widerlegen konnte, was sie sowieso längst begriffen hatte, als sie das blaue Auto und den blassen Pfleger am Rand der Szene erblickt hatte.

»Ich weiß nicht, wer von Ihnen beiden das Gesicht des anderen angenommen hat.«

In ihrer Wahrnehmung ist das Licht zu grell, sind die Augen des Pflegers zu hell. Etwas ist störend an der Szene, vielleicht das Kindergeschrei ein paar Straßen weiter oder eine offene Mülltonne, die noch nicht hereingeholt worden ist und die der Situation ihre Schwere nimmt, oder einfach nur dieser fremde Mann, der ungerührt an der Tür lehnt.

»Ich habe verstanden, was Sie mir sagen wollen. Lassen Sie mich den Weg bis zu Ihnen hinaufgehen. Geben Sie mir ein paar Sekunden, bevor alles in sich zusammenfällt.«

Dann hatte die Zeit wieder ihren Normalzustand erlangt: triviale Beschleunigung des Gesprächs, Straßenlärm und das Motorengeräusch des blauen Autos, das sich nach den gemurmelten Beileidsbekundungen, nach der langen Aufzählung der Behördengänge, Zuständigkeiten, Dokumente und üblichen Abläufe entfernt.

An die darauffolgenden Stunden kann sie sich nicht mehr erinnern, nur daran, dass sie lange auf den Stufen vorm Haus saß, ihre Sachen hastig packte – sie nahm nie viel Gepäck mit, bloß keine falschen Eitelkeiten, nur da sein wollte sie – und sich kaum umsah, um sich vorzumachen, sie wäre schon weg, um so wenige Erinnerungen wie möglich an dieses Haus zu bewahren.

»Gehen Sie jetzt bitte. Ich möchte einfach nur schlafen. Heute Nacht müsste mir das endlich gelingen.«

Sie streckt ihre Hand nach dem Lichtschalter aus und hält den Atem an, während im Trainingsraum eine grelle Neonröhre nach der anderen angeht.

Die schwarze Masse entpuppt sich nach und nach als ein Haufen Overalls, ein paar Bojen und einige Lampen.

Dazu leere Flaschen und ein qualmender Zigarettenstummel, frische Spuren einer Anwesenheit.

XVIII

ER HASST DIESE AUFGABE. Sie könnte ihn glatt dazu bringen, an Land zu bleiben: die medizinische Verantwortung übernehmen, angestrengt in der Erinnerung kramen, um Wunden mit den richtigen Erste-Hilfe-Handgriffen zu verarzten – dabei frischt er sie doch einmal im Jahr bei einem Pflichtkurs auf, der ihm jedes Mal Magenschmerzen bereitet – und alles so genau wie möglich beobachten, damit ihm ja kein Symptom entgeht, wenn ein Matrose im Krankenzimmer vorstellig wird.

Der erste Offizier hat Dienst in dem kleinen Kabuff, das als Apotheke und Untersuchungszimmer dient, und auf der Pritsche liegt ausgerechnet die Kapitänin. Er war am späten Abend durch laute Schläge an seine Tür von einem Matrosen geweckt worden, der sie ohnmächtig auf dem Außengang gefunden hatte. Zu zweit haben sie sie hierhergetragen, dann hat er die Tür zugemacht und ist nun mit ihr allein. Sie ist schnell wieder zu sich gekommen und lächelt ihn an.

»Tut mir leid.«

Zu allem Überfluss schaukelt es jetzt stärker, ist es vorbei mit dem spiegelglatten Meer. Der erste Offizier fragt sich, was sie jetzt wohl schon wieder durchqueren, dass die Wellen so hoch sind, die die Situation nicht gerade angenehmer machen. Aber es geht voran, oder? Bewegen wir uns nicht wieder vorwärts?

Er misst ihren Puls, notiert, dass sie bei Bewusstsein ist, schwach, aber bei Bewusstsein, stellt die üblichen Fragen, um zu sehen, wie verwirrt sie ist, aber es ist weniger schlimm als befürchtet.

»Darf ich aufstehen?«

»Wir sollten mal herausfinden, was es mit deinen Ohnmachtsanfällen auf sich hat, warum man dich seit heute früh dauernd irgendwo auf dem Schiff am Boden findet.«

»Jetzt übertreibst du aber, oder?«

»Ich versuche, die Situation aufzulockern. Aber mal ganz im Ernst. Ich halte mich ans Protokoll, ich habe einen Arzt über Notruf kontaktiert ... ich weiß, dass du nicht viel von deinem Privatleben preisgibst und es mich nichts angeht ... aber man hat mich gebeten, dich zu fragen ...«

»Ich bin nicht schwanger.«

»Ok, ok, ich vermerke es, ich musste einfach nur diese Möglichkeit ausschließen ...«

»Du bist ja lustig.«

»Warum?«

»Du wirst ganz rot.«

»Dann versetz dich doch bitte mal in meine Lage.«

»Ich war schon in deiner Lage. Ich musste Männer ausziehen, zusammenflicken und trösten.«

»Aber es war unwahrscheinlich, dass sie ...«

»Schwanger waren.«

»Schwanger waren.«

»Das stimmt. Danke.«

»Wofür?«

»Dass du dir Sorgen um mich machst. Es wird schon wieder. Der Körper wird schon wieder und der Kopf hat schon ganz andere Sachen erlebt.«

»Willst du eine Tablette? Ich hab ganz gute Sachen dabei.«

»Whiskey?«

»Ja, hab ich auch. Oben.«

»Wollen wir hochgehen und gucken, was los ist?«

Sie will sich aufrichten und spürt, dass sie wieder dieser Wunsch überkommt, sich ganz auf ihre kleine Welt zu konzentrieren, jeden Zentimeter mit den Fingerspitzen zu ertasten, bevor sie sich aufs Neue nach dem Bug ausrichten und ihre Augen auf den Horizont heften kann.

»Warte, warte. Willst du nicht lieber noch ein bisschen liegen bleiben?«

»Ich hab dir doch gesagt, dass es mir besser geht.«

»Lass mich wenigstens meine Rolle ordentlich spielen,

sie gefällt mir allmählich. Wirklich. Lass mich nur machen.«

»Was machst du da?«

»Wart's ab.«

Sanft legt er seine Hände auf ihre Schultern. Total verspannt, das hatte er sich fast gedacht. Er schiebt die Daumen unter ihre Schulterblätter und fängt an, sie sanft zu massieren.

»Wir werden uns ein wenig um dich kümmern müssen. Ich habe das Krankenhaus benachrichtigt. Sobald wir in Pointe-à-Pitre anlanden, wirst du einmal komplett durchgecheckt. Du solltest für eine Weile an Land bleiben, bis klar ist, warum du in Ohnmacht fällst.«

»Ich hab dir doch gesagt, dass es mir gut geht. Dem Körper. Dem Körper geht's gut.«

Beim Sprechen lässt er seine Daumen weiter kreisen, ist sich nicht sicher, ob seine Initiative angebracht ist, sie ist viel verspannter als gedacht, und vor allem – aber jetzt ist es auch schon zu spät – ist diese Massage, diese Beinahe-Zärtlichkeit völlig deplatziert, wo sie jahrelang jede freundschaftliche Geste kontrolliert haben – aus Angst wovor eigentlich? Vor den Möglichkeiten, die das eröffnen würde, vor dem Unbekannten, dem Glatteis, einem unendlichen Universum, das ihn sofort verschlingen würde? Ja, das wird es sein, vor einem Eingesogenwerden ins All und die Unendlichkeit.

»Danke. Das tut gut, danke.«

»Woran klammerst du dich, was willst du nicht loslassen, warum ist dein Gummiband so straff gespannt?«

»Welches Gummiband?«

»Zwischen hier und hier.«

Er lässt eine Hand auf ihrer Schulter und legt die andere vorsichtig auf ihren Bauch.

»Man könnte meinen, du hättest hier ein Gummiband, das zieht und zieht, um dich aufrecht zu halten.«

»Mensch, jetzt hast du mich aber durchschaut.«

»Atme lieber, statt dich über mich lustig zu machen.«

»Glaubst du, dass sich die Erde ohne meine legendäre Anspannung weiterdrehen würde?«

»Schwer vorstellbar, aber du könntest es ja mal drauf ankommen lassen.«

Eine Stunde später halten sie einander immer noch in den Armen. Ein Meereswunder ist geschehen, denn plötzlich hat sie angefangen zu weinen, ohne vorherige Traurigkeit, fast fröhlich, und wischt nun den Schluckauf, den Tränenfluss und den Rotz mit den Taschentüchern weg, die er ihr unermüdlich reicht. Jedes Schluchzen bricht einen weiteren Damm, bahnt ein neues Flussbett; zu beiden Seiten der Nase tropft es bis zum Kinn und rinnt bis zum Ohr, sobald sie den Kopf ein wenig dreht. Er navigiert auf dem überschwemmten Gesicht, streicht die Haare weg, gibt ihr noch ein Taschentuch, betrachtet die roten Flecken, küsst die Nase und die Stirn, küsst den Mund, und weint selbst wohl auch ein wenig, denn er hat nasse Wimpern und gerötete Wangen. Aber er hat standgehalten, kann stolz sein und nun alle Dienstgrade beanspruchen, er hat das ganze Wasser vorschriftsmäßig aufgewischt, und bald wird vom Leck nichts mehr zu sehen sein und nur noch ein Kopf an seiner Schulter lehnen, trocken und ruhig, mit einem von der Überfahrt gezeichneten und doch triumphierenden Gesicht, nur mit ein paar Salzspuren in den winzigen Fältchen. Wirklich gute Arbeit: Wenn man genau hinschaut, lächelt das Gesicht jetzt, strahlt fast, sicher gestrandet an seiner Schulter. Warum also zu einer neuen Reise aufbrechen?

»Ist es schon Morgen?«

»Die Sonne geht hier früh auf.«

»Darf ich wieder meinen Posten einnehmen?«

»Du bist die Kapitänin.«

»Spürst du, wie es vibriert?«

»Was bedeutet das?«

»Wir fahren wieder mit voller Geschwindigkeit.«

XIX

»ICH WOLLTE IHNEN nur sagen, dass keine künstliche Intelligenz der Welt so einen Horizont erschaffen kann«, lächelt der erste technische Offizier, der sich zu den um die Karte Versammelten auf der Brücke gesellt hat.

»Sehr witzig. Ich danke Ihnen.«

»Und?«

»Ein Irrtum ist ausgeschlossen. Die GPS-Daten sind eindeutig und alle Messwerte bestätigen es. Wir kommen an.«

»Ist das *La Désirade*?«

»Sieht ganz so aus.«

Natürlich ist sie es. Auf dem Vorposten, wenn man vom alten Europa kommt, beruhigend solide. Angeblich war es das erste Stück Land, das die Männer von Christoph Kolumbus seit den Kanarischen Inseln gesehen hatten. O lang ersehntes Land, sollen sie geseufzt haben, Seefahrer durch und durch, die trotzdem immer auf der Suche nach der Sicherheit eines Kieselsteins waren, der die Orientierung in Raum und Zeit erleichtert. Sie blickt auf ihre Begleiter, die sich über die Reling beugen und genauso sehnsüchtig nach Sand und Kalk Ausschau halten.

Sie ist sich nicht sicher, ob sie dieses Sehnen nach Land auch empfindet, jedenfalls nicht gleich, nicht ohne sich darauf eingestellt zu haben. Aber die Erleichterung spürt auch sie. Das Ende der Reise, wenn einmal die Fracht abgeladen ist, wird den Anfang eines Aufenthalts auf dem Archipel markieren, ein paar Tage, an denen sie durch die wild wuchernde Vegetation bis zur Spitze des Vulkans streifen wird.

Da ist er, der neue Horizont. Umso ergreifender, als sie ihn nicht mehr erwartet hatten. Damit sich ihr Blick am Horizont verliert, müssen sie lediglich über die roten und blauen Container hinwegsehen, über deren solide Anordnung, die Inschriften, die sie schon gar nicht mehr lesen, weil sie sie jeden Tag vor Augen haben. Sie hatten diese riesigen Metallbehälter vergessen. Sie mögen zwar der Grund für ihre Reise sein, aber sobald sie auf dem Wasser sind, nehmen sie sie nicht mehr wahr. Nur an manchen Tagen erinnern sie daran, in was für einem glanzlosen Jahrhundert sie leben.

Sie haben sich in Zweier- oder Dreiergruppen oder allein auf dem Schiff verteilt. Die, die zusammenstehen, verständigen sich mit Gesten und Lauten, haben die Sprache hinter sich gelassen.

Bei voller Geschwindigkeit entdecken sie ihren Körper wieder. Zwanzig Körper: aufrecht, angespannt, bei der Arbeit. Sie hatten ein Gleichgewicht gefunden, das das ganze Leben halten sollte, und eine kleine Veränderung der Geschwindigkeit hat alles ins Wanken gebracht. Jetzt, wo sich wieder die vertrauten Empfindungen einstellen, denken sie an die Frauen und Männer, die ins All fliegen, daran, was für eine grenzenlose Leichtigkeit sie so schwebend und ohne Verankerung erfahren müssen. Alterslos in einer verlangsamten Zeit. Aber sie ahnen auch, wie brutal die Rückkehr sein muss, die beschleunigte Alterung, wenn plötzlich alles aufgeholt wird, was man hatte vermeiden wollen.

Heute passiert ihnen genau das: All die Stunden in der Schwebe spüren sie plötzlich in ihrem verspannten Nacken und den Falten im Gesicht. Sie haben alle Schulden bei der vergehenden Zeit schon beglichen.

Als sie sich dem Streifen Land nähern, wird sie sich der Gewichte, Maßeinheiten, zu hebenden Lasten und Preise wieder bewusst, die nach Gesetzmäßigkeiten, die nichts mit dem Meer zu tun haben, in die Höhe schnellen und abstürzen. Im Hafen wird sie Informationen und Waren weiterreichen und überraschenderweise diejenige sein, die alle anderen übertönt.

Von der Brücke aus zählt sie schweigend die Männer durch, die ihren Blick nicht mehr vom Land abwenden. Es sind zwanzig. Sie weiß, dass sie das Schiff nicht nach dem letzten Mann durchsuchen wird. Solange sie durch die Maschinen hindurch das gut versteckte, versöhnlich klopfende Herz sehen kann, weiß sie, dass alles gut ist. Sie atmet tief ein.

Unvermittelt weht der Geruch von Bäumen herüber.

Und plötzlich sind da diese Vögel, deren Schreie und Unruhe sie ganz vergessen hatten.

Die Insel wird immer greifbarer, die Matrosen werden immer lebhafter. Es herrscht die übliche Lautstärke unmittelbar vorm Einlaufen in den Hafen. Jeder gibt seine Erinnerungen an Anlandungen und sein Wissen über die verschiedenen Küsten zum Besten. Sie müssen sich schließlich auf das überbordende, ununterbrochene Gerede einstellen, auf die Marktschreier und die Worte, die sich überschlagen, um sämtliche Neuigkeiten seit der letzten Begegnung loszuwerden. Sie müssen sich wieder in frei bewegliche Wesen – auf Fußwegen und in Autos – verwandeln.

Und gleich heute Abend werden sie tanzen.

Sie wird am Fuß eines Wasserfalls schwimmen, ins eiskalte türkisfarbene Nass eintauchen und endlich selbst nackt im Wasser und allein auf der Welt sein, inmitten dieser Szenerie, die an das Paradies erinnert, das man aus Büchern und von Gemälden kennt.

Die ganze Nacht werden die Vögel schreien und am Morgen verstummen: eine verkehrte Welt.

»Woran denkst du?«

»An die Wege, die man zwischen den Bäumen wiederfinden muss.«

»Willst du nicht nach Hause zurück?«

»Ich bleibe eine Weile hier. Und du?«

Der erste Offizier hat sich diese Frage noch gar nicht gestellt. Hatte seit ein paar Tagen vergessen, dass es Termine und Flugzeuge gibt.

Nun taucht Marie-Galante auf, ewig rund.

»Zum ersten Mal in meinem Leben habe ich überhaupt keinen Plan.«

Die Arbeit der Übersetzerin am vorliegenden Text wurde vom Deutschen Übersetzerfonds gefördert.

Titel der Originalausgabe: *Ultramarins*
Umschlaggestaltung: Heidi Sorg und Christof Leistl
Typografie und Satz: frese-werkstatt.de
Druck und Bindung: CPI – Clausen und Bosse, Leck
ISBN 978-3-95614-611-4